A autobiografia da minha mãe

Jamaica Kincaid

A autobiografia da minha mãe

TRADUÇÃO
Débora Landsberg

1ª reimpressão

Copyright © 2020 by Jamaica Kincaid

Grafia atualizada segundo o Acordo Ortográfico da Língua Portuguesa de 1990, que entrou em vigor no Brasil em 2009.

Título original
The Autobiography of My Mother

Capa e ilustração de capa
Vinícius Theodoro

Leitura especial
Fernanda Miranda

Preparação
Fernanda Villa Nova

Revisão
Adriana Bairrada
Renata Lopes Del Nero

Dados Internacionais de Catalogação na Publicação (CIP)
(Câmara Brasileira do Livro, SP, Brasil)

Kincaid, Jamaica
    A autobiografia da minha mãe / Jamaica Kincaid ; tradução Débora Landsberg. — 1ª ed. — Rio de Janeiro : Alfaguara, 2020.

    Título original: The Autobiography of My Mother
    ISBN: 978-85-5652-110-1

    1. Autobiografia na literatura 2. Ficção guatemalteca 3. Kincaid, Jamaica, 1949 I. Título.

20-42910   CDD-G863

Índice para catálogo sistemático:
1. Ficção : Literatura guatemalteca   G863

Aline Graziele Benitez – Bibliotecária – CRB-1/3129

[2021]
Todos os direitos desta edição reservados à
EDITORA SCHWARCZ S.A.
Praça Floriano, 19, sala 3001 — Cinelândia
20031-050 — Rio de Janeiro — RJ
Telefone: (21) 3993-7510
www.companhiadasletras.com.br
www.blogdacompanhia.com.br
facebook.com/editora.alfaguara
instagram.com/editora_alfaguara
twitter.com/alfaguara_br

Para Derek Walcott

Minha mãe morreu no momento em que eu nasci, e por isso durante toda a minha vida nunca existiu nada entre mim e a eternidade; às minhas costas, sempre um vento triste, sombrio. No começo da vida eu não tinha como saber que seria assim; soube apenas no meio dela, quando já não era jovem e percebi que tinha menos de algumas coisas que costumava ter em abundância, e mais de outras que antes mal tivera. E essa percepção de perda e ganho me fez olhar para trás e para a frente: no início havia uma mulher cujo rosto eu nunca vira, mas no final não havia nada, ninguém entre mim e o quarto escuro do mundo. Passei a sentir que por toda a vida estive parada à beira do precipício, que minha perda havia me tornado vulnerável, dura e indefesa; ao me dar conta disso fui dominada por tristeza e vergonha e pena de mim mesma.

Quando minha mãe morreu, me deixando uma criancinha vulnerável no mundo, meu pai me pegou e me pôs sob os cuidados da mesma mulher a quem pagava para lavar suas roupas. É possível que ele tenha enfatizado a diferença entre os dois fardos: um era sua filha, não sua única filha no mundo, mas a única que teve com a única mulher com quem se casara até então; o outro eram suas roupas sujas. Ele seria mais delicado ao lidar com um do que com o outro, teria dado ordens mais meticulosas quanto ao cuidado com um do que com o outro, teria esperado mais atenção com um do que com o outro, mas com qual eu não sei, pois ele era um homem muito vaidoso, a aparência lhe importava muito. Que eu era um fardo para ele, eu sei; que suas roupas sujas eram um fardo para ele, eu sei; que ele não sabia como cuidar de mim sozinho, ou como lavar as próprias roupas, eu sei.

Ele vivera em uma casa muito pequena com minha mãe. Era pobre, mas não porque fosse bom; apenas não havia feito ainda coisas ruins o suficiente para ficar rico. Essa casa ficava em uma colina, e ele a descera equilibrando em uma das mãos a filha, na outra as roupas, e os entregara, fardo e filha, a uma mulher. Ela não era parente dele ou da minha mãe; seu nome era Eunice Paul e ela já tinha seis filhos, o último ainda bebê. Por isso ainda tinha um pouco de leite no peito para me dar, mas na minha boca seu gosto era azedo e eu me recusava a bebê-lo. Ela morava em uma casa distante das outras, e de lá se tinha uma visão extensa do mar e das montanhas, e quando eu estava irritadiça e não conseguia me consolar, ela me acomodava em pedaços de panos velhos e me colocava à sombra de uma árvore, e diante da vista daquele mar e daquelas montanhas, tão impiedosos, eu me exauria de tanto chorar.

Mãe Eunice não era má: ela me tratava exatamente como tratava os próprios filhos — mas isso não quer dizer que era bondosa com os próprios filhos. Em um lugar desses, a brutalidade é a única herança verdadeira e a crueldade às vezes é a única coisa que sobra. Eu não gostava dela, e sentia falta do rosto que nunca tinha visto; olhava por cima do ombro para ver se alguém estava chegando, como se esperasse que alguém fosse chegar, e Mãe Eunice perguntava o que eu estava procurando, no começo como uma piada, mas, passado um tempo, como eu continuava a fazer aquilo, ela achou que eu via espíritos. Eu não via espírito algum, estava só procurando aquele rosto, o rosto que jamais veria, mesmo se vivesse para sempre.

Nunca passei a amar essa mulher com quem meu pai me deixou, essa mulher que não era má comigo mas não poderia ser bondosa porque não sabia como — e talvez eu não conseguisse amá-la por também não saber como. Ela me alimentava à força com uma peneira, pois eu não bebia seu leite e ainda não tinha dentes; depois que nasceram, a primeira coisa que fiz foi enfiá-los em sua mão enquanto ela me dava comida. Na hora um pequeno som escapou de sua boca, mais de surpresa do que de dor, e ela entendeu o que aquilo significava — meu primeiro gesto de ingratidão — e ficou na defensiva comigo pelo resto do tempo em que convivemos.

Até os quatro anos, eu não falava. Isso não provocou nem um minuto a menos de felicidade em quem quer que fosse; não havia ninguém para se preocupar com isso, de todo modo. Eu sabia que poderia falar, mas não queria. Via meu pai a cada quinze dias, quando ele ia buscar as roupas limpas. Nunca pensei que ele viesse me visitar; só que vinha buscar as roupas limpas. Quando ele chegava, me levavam para vê-lo e ele me perguntava como eu estava, mas era uma formalidade; ele nunca me tocava ou me olhava nos olhos. O que teria para ver nos meus olhos? Eunice lavava, passava e dobrava suas roupas; elas eram embrulhadas como um presente em duas tiras limpas de nanquim e postas sobre a mesa, a única mesa da casa, à espera de que ele fosse pegá-las. Suas visitas eram bastante regulares, então quando não apareceu eu reparei. E perguntei, "Cadê o meu pai?".

Eu disse isso em inglês — não no patoá francês ou no patoá inglês, mas em inglês normal —, e essa deveria ter sido a surpresa: não que eu falasse, mas que falasse em inglês, uma língua que nunca ouvira. Mãe Eunice e os filhos falavam a língua de Dominica, o patoá francês, e meu pai, ao falar comigo, também usava essa língua, não por desrespeito, mas porque imaginava que eu não entendesse outra. Mas ninguém percebeu; só se admiraram do fato de que eu finalmente havia falado e questionado a ausência do meu pai. Que as primeiras palavras que falei fossem na língua de um povo de que eu jamais gostaria ou amaria é agora um mistério para mim; tudo na minha vida, bom ou ruim, com que tenho um vínculo indissolúvel é uma fonte de dor.

Eu tinha quatro anos e via o mundo como uma série de linhas suaves que se seguiam, um esboço em carvão; e portanto, quando meu pai ia e buscava as roupas, eu via apenas que ele surgia de repente na trilha que ia da estrada principal à porta da casa em que eu morava e depois, após completar sua missão, desaparecia ao chegar à estrada onde terminava a trilha. Eu não sabia o que havia além da trilha, não sabia se depois de sumir do meu campo de visão ele continuaria a ser meu pai ou se ele se dissolveria em algo totalmente diferente e eu jamais voltaria a vê-lo sob a forma do meu pai. Eu teria aceitado isso. Poderia acreditar que o mundo era assim. Eu não falava e não falaria.

Um dia, sem querer, quebrei um prato, o único prato daquele tipo que Eunice teve na vida, um prato feito de porcelana de ossos, e as palavras "me desculpe" se recusaram a passar pelos meus lábios.

A tristeza que ela exprimiu diante dessa perda me fascinou; era tão carregada de luto, tão esmagadora, tão intensa, como se tivesse acontecido a morte de um ente querido. Ela agarrou a bolsa densa que era sua barriga, puxou os cabelos, socou o peito; lágrimas grossas rolaram de seus olhos e pelas bochechas, e vinham com tamanha abundância que se uma nova fonte de água tivesse surgido deles, como num mito ou num conto de fadas, meu pequeno eu não ficaria surpreso. Ela havia me prevenido repetidas vezes que não encostasse no prato, pois já tinha me visto olhando-o com uma curiosidade obsessiva. Eu olhava para ele e me admirava do retrato pintado na superfície, um retrato de um campo aberto cheio de grama e flores em tons muito suaves de amarelo, rosa, azul e verde; o céu tinha um sol que brilhava mas não ardia; as nuvens eram ralas e esparsas como um adorno, não compactas e amontoadas, não prenúncios de desgraças. Esse retrato nada mais era do que um campo cheio de grama e flores em um dia ensolarado, mas tinha uma atmosfera de abundância secreta, de felicidade e tranquilidade; abaixo dele estava escrita, em letras douradas, a palavra PARAÍSO. Claro que não era um retrato do paraíso, de forma alguma: era um retrato idealizado do interior da Inglaterra, mas eu não sabia, não sabia nem que existia uma coisa como o interior da Inglaterra. Nem Eunice sabia; achava que o retrato era uma imagem do paraíso, oferecendo, como de fato oferecia, a promessa secreta de uma vida sem preocupações ou sofrimento ou escassez.

Quando quebrei o prato de porcelana em que esse retrato estava pintado e fiz Mãe Eunice chorar muito, não me senti mal de imediato, não me senti mal pouco depois, só me senti mal passado bastante tempo, e a essa altura já era tarde demais para lhe dizer, ela havia morrido; talvez tenha ido para o paraíso e ele tenha cumprido a promessa daquele prato. Quando quebrei o prato e me neguei a pedir desculpas, ela amaldiçoou minha finada mãe, amaldiçoou meu pai, me amaldiçoou. As palavras que usou nada significaram: eu as entendi, mas não me magoaram, porque eu não a amava. E ela não me amava. Ela fez com que eu me ajoelhasse num montinho de pedras, em um lugar onde o sol batia o dia inteiro, com as mãos levantadas acima da cabeça e uma pedra grande em cada mão. Ela pretendia me deixar nessa posição até que eu dissesse as palavras "me desculpe", mas eu não as dizia, não conseguia dizê-las. Estava além da minha própria vontade; aquelas palavras não atravessavam meus lábios. Continuei daquele jeito até ela se exaurir de tanto me amaldiçoar e a tudo que se relacionava a minha origem.

Por que esse castigo me marcou tanto, carregado como era de todos os aspectos da relação entre captor e cativo, senhor e escravo, com sua dimensão do grande e do pequeno, do poderoso e do impotente, do forte e do fraco, e num pano de fundo de terra, mar e céu, e Eunice me olhando de cima, se metamorfoseando em uma sucessão de coisas furiosas e não humanas a cada sílaba que cruzava seus lábios — com seu vestido de algodão fino e mal urdido, o corpete de cor e estampa diferentes da saia, o cabelo despenteado, há muitos meses sem ser lavado, enrolado em um retalho de pano velho que não era lavado fazia mais tempo que o cabelo? O vestido mais uma vez — um dia fora novo e limpo, e a terra o deixara velho, mas a terra o deixara novo outra vez lhe dando tons que não tinha antes, e a terra por fim o faria se desintegrar por completo, embora ela não fosse uma mulher suja, ela lavava os pés todas as noites.

O dia estava claro, não era época de chuva, homens estavam no mar lançando redes para pescar, mas não pegavam muitos peixes porque era um dia claro; e três dos filhos dela estavam comendo pão e enrolaram o miolo como se fossem pedras e o atiraram em mim enquanto estava ajoelhada ali, e riram; e o céu estava sem nenhuma nuvem e não havia uma brisa sequer; uma mosca zanzava perto do meu rosto, às vezes pousando no canto da boca; uma fruta-pão madura demais caiu da árvore, e o som foi como o de um punho encontrando a parte macia, carnuda de um corpo. Tudo isso, de tudo isso consigo me lembrar — por que me marcou de forma tão profunda?

Ajoelhada ali, vi três tartarugas terrestres entrarem e saírem rastejando de um pequeno espaço debaixo da casa, e me apaixonei por elas, queria tê-las perto de mim, queria falar somente com elas por todos os dias do resto da minha vida. Muito depois que meu martírio acabou — resolvido de uma forma que não agradou Mãe Eunice, pois não pedi desculpas —, peguei as três tartarugas e as coloquei numa área cercada de onde não podiam sair e voltar conforme desejassem, e por isso sua existência dependia totalmente de mim. Eu lhes trazia folhas de legumes e água em conchinhas do mar. Eu as achava lindas, os cascos cinza-escuros com bolinhas amarelas esmaecidas, os pescoços compridos, os olhos que não julgavam, a prudência vagarosa do rastejo. Mas elas se recolhiam para dentro dos cascos quando eu não queria, e quando as chamava não saíam. Para lhes ensinar uma lição, peguei um pouco de lama do leito do rio e tapei o buraquinho de onde os pescoços emergiam, e deixei que secasse. Escondi o lugar onde viviam com pedras e por muitos dias me esqueci delas. Quando voltaram à minha lembrança, fui vê-las no lugar onde as deixara. A essa altura, estavam todas mortas.

Meu pai queria que eu frequentasse a escola. Foi um pedido incomum: meninas não iam à escola, nenhuma das filhas de Mãe Eunice ia à escola. Nunca saberei o que o levou a agir assim. Só me resta imaginar que ele desejava uma coisa dessas para mim sem pensar muito, porque no fundo o que a educação poderia fazer por alguém como eu? Só posso dizer o que eu não tive; só posso mensurar isso em comparação com o que tive de fato e sofrer com a diferença. E no entanto, no entanto... foi por essa razão que vi pela primeira vez o que havia além da trilha que saía da minha casa. E me lembro tão bem da sensação do tecido da saia e da blusa — ásperas porque eram novas —, uma saia verde e uma blusa bege, um uniforme, as cores e o estilo imitando as cores e o estilo da escola de outro lugar, outro lugar bem longe; e eu tinha um par de sapatos marrons de tecido grosso e meias de algodão marrons que meu pai comprou para mim, eu não sabia onde. E mencionar que eu não sabia de onde vinham essas coisas, dizer que me perguntava sobre elas, é na verdade dizer que essa era a primeira vez que eu usava coisas como sapatos e meias, e que eles faziam meus pés doerem e incharem e a pele formar bolhas e rachar, mas era obrigada a usá-los até meus pés se acostumarem, e meus pés — meu corpo inteiro — se acostumaram. Aquela manhã era uma manhã como outra qualquer, tão comum que foi profunda: estava ensolarado em alguns lugares e não em outros, e os dois (ensolarado, nublado) ocupavam diferentes partes do céu com placidez; havia o verde das folhas, a explosão vermelha das flores dos flamboyants, o fruto amarelo intenso do cajueiro, o aroma de limão-galego, o aroma de amêndoas, o café no meu hálito, a saia de Eunice esvoaçando no meu rosto e a confusão de cheiros que vinha do meio de suas pernas, de que jamais me esquecerei, e sempre que sinto meu próprio cheiro me lembro dela. O rio estava baixo, então eu não ouvia o som da água correndo nas pedras; a brisa estava suave, então as folhas não farfalhavam nas árvores.

 Tive essas sensações de ver, cheirar e escutar ao descer a trilha a caminho da escola. Quando cheguei à estrada e pus meus pés recém-calçados nela, foi a primeira vez que o fiz. Eu tinha consciência disso. Era uma estrada de pedras e terra batida, e todos os passos que eu dava eram desajeitados; o chão deslizava, meus pés escorregavam para trás. A estrada se estendia à minha frente e sumia em uma curva; continuávamos a andar em direção a essa curva e quando chegávamos a curva dava lugar a mais um trecho da mesma estrada e depois a outra curva. Chegamos à escola antes do fim da última curva. Era um prédio pequeno com uma porta e quatro janelas; o chão era de tábuas; havia um pequeno réptil rastejando por uma viga do teto; havia três mesas compridas enfileiradas, uma atrás da outra; havia uma mesa de madeira grande e uma cadeira de frente para as três mesas compridas; na parede atrás da mesa e da cadeira havia um mapa; no alto do mapa estavam as palavras "O IMPÉRIO BRITÂNICO". Foram as primeiras palavras que aprendi a ler.

 Naquela sala sempre havia apenas garotos; só me sentei numa sala de aula com outras meninas quando já estava mais velha. Não tive medo da nova situação: eu não sabia como ser assim na época e não sei como ser assim agora. Não tinha medo, pois minha mãe já havia morrido e essa é a única coisa de que uma criança tem medo de verdade; quando nasci minha mãe morreu, e eu já tinha vivido todos aqueles anos com Eunice, uma mulher que não era a minha mãe e que era incapaz de me amar, e sem meu pai, sem nunca saber se voltaria a vê-lo, portanto não temia por mim naquela situação. (E se não for mesmo verdade que eu não senti medo, essa não foi a única vez que não admiti minha vulnerabilidade para mim mesma.)

 Se falo agora desses primeiros dias com clareza e discernimento, não é invenção, não deveria surpreender; na época, cada coisa que aconteceu se destacou na minha mente com uma intensidade que agora acho natural; naquela época não tinha sentido, não tinha contexto, eu ainda não sabia da história dos acontecimentos, não sabia de seus antecedentes. Minha professora era uma mulher que fora formada por missionários metodistas; era do povo africano, isso eu percebia, e ela via nisso uma fonte de humilhação e autodesprezo, e usava o desespero como uma peça de roupa, como um manto, ou um cajado no qual sempre se apoiava, uma herança que repassaria a nós. Ela não nos amava; nós não a amávamos; não amávamos uns aos outros, nem naquela época nem nunca. Havia sete garotos e eu. Os garotos também eram todos do povo africano. Minha professora e aqueles meninos me olhavam sem parar: eu tinha sobrancelhas espessas; meu cabelo era grosso, volumoso e ondulado; meus olhos eram muito separados e amendoados; meus lábios eram largos e estreitos de uma forma inesperada. Eu era do povo africano, mas não exclusivamente. Minha mãe era uma mulher caraíba, e quando me olhavam era o que viam: o povo caraíba tinha sido derrotado e depois exterminado, jogado fora como as ervas daninhas de um jardim; o povo africano tinha sido derrotado, mas havia sobrevivido. Quando me olhavam, só viam o povo caraíba. Estavam enganados, mas não disse isso a eles.

    Comecei a falar bastante na época — comigo mesma frequentemente, com os outros quando absolutamente necessário. Falávamos em inglês na escola — inglês correto, não patoá — e entre nós o patoá francês, uma língua que não era considerada nada correta, uma língua que uma pessoa da França não sabia falar e teria dificuldade de entender. Eu falava comigo mesma porque comecei a gostar do som da minha voz. Para mim, tinha uma doçura, diminuía minha solidão, pois eu me sentia só e queria ver pessoas em cujos rostos reconhecesse algo de mim. Pois quem eu era? Minha mãe estava morta; fazia muito tempo que não via meu pai.

    Aprendi a ler e escrever muito rápido. Minha memória, minha capacidade de reter informação, de lembrar dos mínimos detalhes, de recordar quem disse o que e quando, era considerada incomum, tão incomum que minha professora, ensinada a pensar somente no bem e no mal e cujo juízo de tais coisas era sempre equivocado, disse que eu era má, que estava possuída — e, para comprovar que não poderia existir dúvida quanto a isso, ressaltou outra vez o fato de que minha mãe era do povo caraíba.

Meu mundo então — silencioso, suave e semelhante a uma verdura na sua vulnerabilidade, sujeito aos poderosos caprichos dos outros, diurno, iniciado com a abertura pálida da luz no horizonte a cada manhã e encerrado com a súbita chegada da escuridão no começo de cada noite — era tanto um mistério para mim como uma fonte de enorme prazer: eu adorava a face do céu cinza, granulado, úmido, me seguindo até a escola por manhãs a fio, atirando-me flechas suaves de água; a face desse mesmo céu quando estava de um azul duro, impiedoso, o pano de fundo para um sol cruel; o calor implacável que acabou se tornando parte de mim, como o meu sangue; as árvores opressoras (o tronco de algumas era do tamanho de baús pequenos) que cresciam sem controle, como se beleza fosse apenas tamanho, e eu conseguia diferenciá-las todas fechando os olhos e prestando atenção ao som que as folhas faziam quando raspavam umas nas outras; e eu adorava o momento em que as flores brancas do cedro começavam a cair no chão com um silêncio que eu escutava, suas pétalas a princípio ainda frescas, um beijo suave de rosa e branco, e um dia depois, pisoteadas, murchas e marrons, um incômodo para os olhos; e o rio que havia se tornado uma pequena lagoa quando um dia, por conta própria, mudou de curso, em cuja margem eu me sentava e observava famílias de passarinhos, e rãs botando ovos, e o céu indo do preto ao azul e do azul ao preto, e a chuva caindo no mar depois da lagoa mas não na montanha que ficava depois do mar. Foi nesse lugar que comecei a sonhar com a minha mãe; eu havia adormecido nas pedras que cobriam o chão ao meu redor, meu pequeno corpo afundando na superfície como se fossem plumas. Vi a minha mãe descer uma escada. Usava um longo vestido branco, a bainha pouco acima dos calcanhares, e essa era sua única parte exposta, só os calcanhares; ela descia e descia, mas nenhum outro pedaço dela se revelava. Somente os calcanhares e a bainha do vestido. No começo eu ansiei por ver mais, e depois fiquei satisfeita só de ver seus calcanhares descendo na minha direção. Quando acordei, não era a mesma criança de antes de adormecer. Desejava ver o meu pai e estar perto dele constantemente.

* * *

    Em um dia que não começou de nenhum jeito especial de que possa me lembrar, me ensinaram os princípios envolvidos na escrita de uma carta comum. Cartas têm seis partes: o endereço do remetente, a data, o endereço do destinatário, a saudação ou cumprimento, o corpo da carta, o encerramento. Era de conhecimento geral que uma pessoa na posição que esperavam que eu ocupasse — a posição de uma mulher, e das pobres — não teria nenhuma necessidade de escrever uma carta, mas a satisfação de todos os envolvidos em me ensinar isso, escrever uma carta, deve ter sido imensa. Me batiam e me diziam palavras duras quando eu cometia um erro. O exercício de copiar as cartas de alguém cujas reclamações ou percepções ou alegrias não tinham qualquer interesse para mim não me deixou zangada na época — eu era nova demais para entender que a vaidade poderia ser uma arma tão perigosa quanto uma faca; isso só me fez querer escrever minhas próprias cartas, cartas em que expressaria meus sentimentos sobre minha própria vida como eu a via aos sete anos de idade. Comecei a escrever para o meu pai. Escrevia, "Meu querido Papai", em uma caligrafia adorável, floreada, uma caligrafia nascida de castigos e palavras duras. Eu lhe dizia que era maltratada por Eunice com palavras e ações e que tinha saudade dele e o amava muito. Escrevia a mesma coisa várias vezes. Sem detalhes. Não era nada mais que o grito melancólico de um animalzinho ferido: "Meu querido Papai, você é a única pessoa que me resta no mundo, ninguém me ama, só você consegue, sou açoitada com palavras, sou açoitada com varas, sou açoitada com pedras, eu amo você mais que tudo, só você pode me salvar". Essas palavras não eram para o meu pai, mas para a pessoa da qual eu só via os calcanhares. Noite após noite eu via seus calcanhares, só seus calcanhares descendo ao meu encontro, descendo ao meu encontro para sempre.

    Escrevi essas cartas sem nenhuma intenção de enviá-las ao meu pai; não sabia como fazer isso, como enviá-las. Eu as dobrava de um jeito que, se fossem rasgadas, formariam oito quadradinhos. Não havia nisso nenhum sentido misterioso; só fazia assim para que ficassem mais discretas debaixo de uma pedra grande junto ao portão da minha escola. Todo dia, ao ir embora, eu colocava uma carta que havia escrito ao meu pai debaixo dela. Eu escrevia essas cartas em segredo, no breve período que nos era concedido para o recreio, ou depois que eu já havia terminado a tarefa e ninguém percebia. Fingindo estar muitíssimo compenetrada no que deveria estar fazendo, escrevia a carta para o meu pai.

Esse pequeno pedido de socorro não me trazia alívio instantâneo. Eu reconhecia meu sofrimento, mas a ideia de que ele poderia ser amenizado — de que minha vida pudesse mudar, de que minha situação pudesse mudar — não me passava pela cabeça.

Minhas cartas não permaneceram em segredo. Um garoto chamado Roman me viu guardando-as no esconderijo, e, pelas minhas costas, as tirou de lá. Não teve empatia, não teve compaixão; o instinto de proteger os fracos fora destruído dentro dele. Ele levou as cartas para nossa professora. Nas minhas cartas ao meu pai eu dissera, "Todo mundo me odeia, só você me ama", mas não queria de verdade que as cartas fossem enviadas ao meu pai; se tivessem me perguntado na época se eu achava mesmo que todo mundo me odiava, que só meu pai me amava, eu não saberia o que responder. Mas a reação da minha professora às cartas, àqueles rabiscos, foi um tônico para mim. Ela acreditava que o "todo mundo" a que eu me referia era ela, e só ela. Ela disse que minhas palavras eram mentira, eram caluniosas, que sentia vergonha de mim, que não tinha medo de mim. A professora me disse tudo isso na frente dos outros alunos da escola. Eles acharam que fui humilhada e ficaram contentes ao me ver tão diminuída. Não me senti humilhada, de forma alguma. Senti uma coisa. Percebi que seus dentes eram tortos e amarelos, e me perguntei como teriam ficado assim. Enormes meias-luas de transpiração manchavam as axilas do vestido, e me perguntei se, quando virasse mulher, eu também transpiraria tanto e como seria meu cheiro. Atrás de seu ombro, na parede, havia uma aranha grande carregando seu saco de ovos, e quis esticar o braço e esmagá-la com a palma da mão, pois fiquei imaginando se era o mesmo tipo de aranha ou parente da aranha que tinha sugado a saliva do canto da minha boca na noite anterior enquanto eu dormia, deixando três picadas pequenas, doloridas. Garoava lá fora, eu ouvia o barulho da chuva no telhado galvanizado.

Ela mandou as cartas para o meu pai, para me mostrar que tinha a consciência tranquila. Disse que eu havia confundido suas reprimendas, dadas por amor a mim, com uma manifestação de ódio, e que isso demonstrava que eu era culpada do pecado do orgulho. E disse que esperava que eu aprendesse a distinguir os dois: amor e ódio. Até hoje tento distinguir os dois e não consigo, pois muitas vezes eles têm o mesmo rosto. Quando ela disse isso, olhei no rosto dela para ver se eu conseguia saber se era verdade que ela me amava e para ver se as palavras dela, que tantas vezes pareciam uma série de golpes duros, eram na verdade uma demonstração de amor. O rosto dela não parecia amoroso, mas talvez eu estivesse enganada — talvez eu fosse nova demais para julgar, nova demais para saber.

Não reconheci de imediato o que havia acontecido, o que eu tinha feito: embora inconscientemente, embora sem intenção, eu tinha, por meio do uso de algumas palavras, mudado minha situação; talvez tivesse até mesmo salvado a minha vida. Falar da minha própria situação, para mim mesma e para os outros, é algo que eu sempre faria dali em diante. Foi assim que me tornei tão extremamente consciente de mim, tão interessada nas minhas necessidades, tão interessada em saciá-las, atenta às minhas mágoas, atenta aos meus prazeres. A partir dessa expressão de dor desfocada, infantil, minha vida mudou e eu percebi.

Meu pai veio me buscar usando o uniforme de carcereiro. Para ele isso não tinha significado, era desimportante. Ele estava voltando para Roseau do vilarejo de St. Joseph, onde estivera realizando seus deveres como policial. Eu não havia sido avisada de que ele chegaria naquele dia; não o esperava. Voltei da escola e o vi parado na última curva da estrada que levava à casa onde eu morava. Fiquei surpresa ao vê-lo, mas só admitiria isso para mim mesma: não deixei ninguém saber. A razão pela qual eu sentira tanta saudade do meu pai — a razão pela qual ele não ia mais à casa em que eu morava, trazendo as roupas sujas e levando as limpas — era que ele havia se casado de novo. Haviam me falado, mas para mim era um mistério o que aquilo poderia significar; não foi diferente da primeira vez que me disseram que o mundo era redondo; pensei, O que isso quer dizer, por que é assim? Meu pai havia se casado de novo. Ele pegou minha mão, disse alguma coisa, ele falava em inglês, a boca começou a se curvar em torno das palavras que dizia, e isso fazia com que parecesse afável, simpático, até mesmo bondoso. Eu entendia o que ele dizia: agora ele tinha uma casa para mim, uma casa boa; eu adoraria sua esposa, minha nova mãe; ele me amava tanto quanto amava a si mesmo, talvez até mais, porque eu o lembrava de alguém que ele conhecera que sem dúvida amava ainda mais do que amava a si próprio. Eu adoraria minha casa nova; adoraria o céu lá em cima e a terra abaixo.

A palavra "amor" foi dita com tanta frequência que se tornou uma pista para o meu coração de sete anos e minha cabeça de sete anos que essa coisa não existia. Os olhos do meu pai se apertavam e depois se arregalavam: ele acreditava no que dizia, e isso era bom, porque eu não acreditava. Mas eu não iria interromper esse avanço, essa novidade, esse ir embora daqui; e eu não acreditava nele, mas não tinha motivo para isso, nenhum motivo real. Eu ainda não era cética e achava que por trás de tudo que escutava havia outra história bem diferente, a história verdadeira.

Agradeci a Eunice por ter cuidado de mim. Não fui genuína, não poderia ser genuína, não sabia como ser genuína, mas agora eu seria genuína. Não disse adeus: no mundo em que vivia na época e no mundo em que vivo agora, despedidas não existem, o mundo é pequeno. Todos os meus pertences estavam em uma mochila de musselina e ele os colocou numa sacola que estava amarrada no jumento. Ele me pôs montada e se sentou atrás de mim. E foi essa a nossa imagem quando virei as costas para o casebre em que tinha passado os primeiros sete anos da minha vida: um homem já importante e sua filha pequena nas costas de um jumento no fim do dia, um dia comum, um dia sem importância se você fosse menos que um borrão em uma página coberta de letras impressas. Eu ouvia a respiração do meu pai; não era a respiração da minha vida. A parte de trás da minha cabeça tocava o peito dele vez ou outra, eu ouvia o som de seu coração batendo através da camisa, o uniforme que, quando as pessoas o viam usando e se aproximando delas, lhes causava medo, pois a presença dele quando vestia aquelas roupas quase sempre não era boa coisa. Na minha vida de então a presença dele era boa coisa, era uma pena que não tivesse pensado em trocar de roupa; era uma pena que eu tivesse percebido que ele não a trocara, era uma pena que isso importasse para mim.

Essa nova experiência de realmente deixar o passado para trás, de ir de um lugar para outro e saber que aquilo que tinha acontecido continuaria a ser apenas isso, foi uma coisa que imediatamente aceitei como uma dádiva, como um direito natural. O mais simples dos movimentos, o de virar as costas, é um dos mais difíceis de se fazer, mas depois de feito você não consegue imaginar que foi tão difícil assim. Eu não tinha sido capaz de fazer aquilo sozinha, mas entendia que havia posto em marcha acontecimentos que o tornariam possível. Se um dia me visse sentada naquela sala de aula de novo, ou sentada no quintal de Eunice de novo, dormindo na cama dela, comendo com seus filhos, nada disso teria sobre mim o mesmo poder de antes — o poder de fazer com que me sentisse impotente e envergonhada da minha própria impotência.

Não via a expressão no rosto do meu pai ao cavalgar, não sabia o que ele estava pensando, não o conhecia bem o suficiente para tentar adivinhar. Ele partiu pela estrada na direção oposta à da escola. O trecho da estrada era novo para mim, e no entanto era de uma familiaridade que me entristecia. Em torno de cada curva havia o conhecido verde-escuro das árvores que cresciam com uma ferocidade que nenhuma mão jamais tentara reprimir, um verde tão implacável que alcançara enorme beleza e enorme feiura e enorme modéstia ao mesmo tempo; era ele mesmo: nada poderia lhe ser acrescentado; nada poderia lhe ser tomado. Todos os precipícios da estrada eram íngremes e perigosos, e a queda de um deles teria resultado em morte ou lesões permanentes. E cada subida era seguida por uma descida, ao pé da qual havia o mesmo amontoado de plantas florescendo, cada uma com um propósito que eu ainda desconhecia. E toda curva que virava à esquerda logo dava lugar a uma curva que virava à direita.

O dia então começou a ter as cores de um fim, as cores de um funeral, cinza, malva, preto; minha tristeza interior se manifestou para mim. Eu era parte de uma procissão de tristeza, que se distanciava da minha vida antiga, uma vida que eu tinha vivido por apenas sete anos.

Não me abalei, porém. A escuridão da noite chegou com a brusquidão habitual, sem aviso. Mais uma vez não me abalei. Meu pai passou o braço em volta de mim, como que para repelir alguma coisa — um perigo que eu não via no ar frio, um espírito do mal, uma queda. O abraço foi delicado no começo; depois cresceu até ter a força de uma faixa de ferro, mas ainda assim não me abalei.

Entramos no vilarejo no escuro. Não havia luz em lugar algum, nenhum cão latiu, não passamos por ninguém. Entramos na casa em que meu pai morava, havia uma luz vinda de uma bela lamparina de vidro, algo que eu nunca tinha visto; a luz era alimentada por um líquido transparente que eu via na base da lamparina, que tinha relevos de cabeças de animais que eu não conhecia. A lamparina estava em uma prateleira, e a prateleira era feita de mogno, os suportes terminavam na forma de duas patas de animal bem fechadas. A sala estava apinhada, com uma poltrona onde duas pessoas poderiam se sentar ao mesmo tempo, duas outras poltronas em que só cabia uma pessoa e uma mesa pequena, baixa, coberta por um pano de linho branco. As paredes e a divisória que separava essa sala do resto da casa eram cobertas de papel, e o papel era decorado com pequenas rosas cor-de-rosa. Eu nunca tinha visto nada parecido, a não ser uma vez, num livro na escola — mas a imagem que vira era uma ilustração de uma história sobre as atividades domésticas de um pequeno mamífero que morava no campo com a família. Na toca deles, as paredes eram revestidas de um papel parecido. Eu achava que aquela história do pequeno mamífero era uma invenção, uma coisa feita para divertir crianças, mas aquela era a casa muito verdadeira do meu pai, uma casa com uma lamparina brilhante em um cômodo, e um cômodo que parecia existir apenas para propósitos ocasionais.

Naquele momento me dei conta de que havia muitas coisas que eu não conhecia, sem falar da maior de todas as coisas que eu não conheci — minha mãe. Eu não conhecia meu pai; não sabia de onde ele era e de quem ou do que gostava; não conhecia a terra em cuja superfície eu havia acabado de entrar no lombo de um animal; não sabia quem eu era nem por que estava parada ali naquele cômodo para propósitos ocasionais com a lamparina. Um grande mar do que eu desconhecia se abriu à minha frente, e suas correntezas fortes e traiçoeiras pulsaram sobre minha cabeça repetidamente, até eu ter certeza de que estava morta.

Havia apenas desmaiado. Abri meus olhos pouco depois e vi o rosto da esposa do meu pai não muito longe do meu. Ela tinha o rosto do mal. Eu não tinha outro rosto com que compará-lo; sabia apenas que o dela era o rosto do mal, até onde eu podia dizer. Ela não gostava de mim. Eu podia ver. Ela não me amava. Eu podia ver. Não pude ver o resto dela de imediato — só o seu rosto. Ela era do povo africano e do povo da França. Era noite e ela estava em sua própria casa, portanto estava de cabelo à mostra; era macio e bem crespo, e ela o usava partido ao meio e dividido em duas tranças presas atrás. Os lábios tinham o formato dos lábios daqueles povos de clima frio: finos e mesquinhos. Os olhos eram pretos, não de beleza, mas de falsidade. O nariz era longo e pontudo, como uma flecha; as maçãs do rosto também eram pontudas. Ela não gostava de mim. Ela não me amava. Eu podia ver em seu rosto. Meu espírito se ergueu diante desse desafio. Não havia amor: eu conseguiria morar num lugar assim. Conhecia muito bem essa atmosfera. O amor teria me derrotado. O amor sempre me derrotaria. Em uma atmosfera sem amor eu poderia viver bem; nessa atmosfera sem amor poderia criar uma vida para mim. Ela levou uma xícara à minha boca, uma de suas mãos roçou o meu rosto, e estava fria; estava me servindo chá, algo para me reanimar, mas o gosto era amargo, como uma poção ruim. Minha língua pequena não permitiu que mais de uma gota entrasse em minha boca, mas o gosto amargo aqueceu meu jovem coração. Eu me sentei. Nossos olhares não se encontraram e se cravaram; eu era nova demais para lançar um desafio como esse, na época eu só podia agir por instinto.

Fui conduzida por um pequeno corredor até um quarto. Seria meu próprio quarto: meu pai morava em uma casa onde havia quartos suficientes para que eu ocupasse um sozinha. Esse pequeno acontecimento logo se tornou central na minha vida: me adaptei a esse sinal de privacidade sem questionamentos. Meu quarto era iluminado por uma lamparina pequena, do tamanho do meu punho agora grande, envelhecido, e vi minha cama: pequena, de madeira, um lençol branco sobre o colchão com enchimento de copra, um travesseiro quadrado, achatado. Tinha um lavatório com uma pia e uma urna com água. Não vi toalha. (Na época, eu não sabia como me lavar direito, de qualquer forma, e a lição que acabei tendo veio com muitas palavras ofensivas.) Não havia retratos na parede. As paredes não eram cobertas de papel; a madeira à mostra, pinho, não estava pintada. Era o mais simples dos mais simples dos quartos, mas tinha mais luxo do que eu jamais havia imaginado, me propiciava algo que eu nem sabia de que precisava: me propiciava solidão. Todo o meu pequeno ser, físico e espiritual, encontraria paz ali, naquele cantinho todo meu onde poderia me sentar e refletir.

Eu me sentei na cama. Meu coração estava partido; queria chorar, me sentia tão só. Sentia que estava em perigo, me sentia ameaçada; sentia a cada minuto que passava que alguém me queria morta. A esposa do meu pai veio dar boa-noite e apagou a lamparina. Falava comigo no patoá francês; na presença dele havia falado comigo em inglês. Ela faria isso durante todo o tempo em que convivêssemos, mas naquela primeira vez, no santuário do meu quarto, aos sete anos, reconheci nisso uma tentativa de sua parte de me tornar ilegítima, de me associar a uma língua inventada de um povo que não era considerado real — o povo à sombra, os eternamente humilhados, os eternamente inferiores. Depois ela foi para a parte da casa onde ela e meu pai dormiam; era longe o bastante para eu ouvir o som de seus passos esmorecer; porém, escutava suas vozes quando falavam, os barulhos subindo em espirais até o espaço vazio sob o teto. Tiveram uma conversa; não consegui distinguir palavras; as emoções pareceram neutras, nem frias nem quentes. Fez-se certo silêncio; houve suspiros curtos e arfadas; houve os sons de gente dormindo, a respiração escapando pela boca.

Eu me deitei para dormir e sonhar com a minha mãe — pois sabia que era o que eu faria, sabia que conseguiria me incitar a isso, precisava fazer isso. Ela descia a escada repetidas vezes, mais e mais, só os calcanhares e a bainha do vestido branco visíveis; descia e descia, várias vezes. Eu a olhava a noite inteira no meu sonho. Não via seu rosto. Não me decepcionava. Adoraria ter visto o rosto, mas já não ansiava por vê-lo. Ela entoou uma canção, mas não tinha palavras; não era uma canção de ninar, não era sentimental, não era feita para me acalmar quando minha alma se agitava com a dureza da vida; era apenas uma canção, mas o som de sua voz era como um pequeno tesouro encontrado em um baú abandonado, um tesouro que inspira não espanto, mas contentamento e prazer eterno.

A noite inteira eu dormi, e durante o sono vi seus pés descendo a escada, degrau a degrau, nunca vendo seu rosto, ouvindo sua voz entoar aquela canção, às vezes murmurando, às vezes a plena voz. Até hoje ela aparece nos meus sonhos de vez em quando, mas nunca mais para cantar ou emitir qualquer tipo de som — só como antes, descendo a escada, os calcanhares visíveis e a bainha branca da roupa sobre eles.

Cheguei à casa do meu pai sob o cobertor da voluptuosa escuridão que era a noite; a manhã naturalmente a seguiu. Acordei no falso paraíso no qual eu havia nascido, o falso paraíso em que morrerei, a mesma paisagem que sempre conheci, cada aspecto dela perfeito, ao mesmo tempo bela, feia, modesta e altiva; cheia de vida, cheia de morte, capaz de sustentar uma, inevitavelmente reivindicar a outra.

A esposa do meu pai me ensinou como me lavar. Não fez isso com gentileza. Minha forma e odor humanos foram uma oportunidade para ela amontoar desprezo sobre mim. Reagi ao estilo que agora já me era característico: o que me diziam para odiar eu amava, e amava muito. Amava o cheiro da sujeira fina atrás das minhas orelhas, o cheiro da minha boca não lavada, o cheiro que vinha do meio das minhas pernas, o cheiro no meu sovaco, o cheiro dos meus pés não lavados. O que quer que houvesse em mim que fosse ofensivo, o que era da minha natureza, o que eu não conseguia evitar e não era uma falha moral — essas coisas a meu respeito eu amava com o fervor dos devotos. Ao me tocarem, as mãos dela estavam frias e causaram dor. Jamais nos amaríamos. Nela havia o desespero arraigado em um desejo há muito frustrado: ela ainda não tinha conseguido dar um filho ao meu pai. Ela tinha medo de mim; tinha medo de que, por minha causa, meu pai pensasse mais na minha mãe do que nela. Naquela primeira manhã, ela me deu uma comida que estava velha, bolorenta, como se a tivesse guardado especialmente para mim a fim de me deixar doente. Eu não comia o que ela me dava depois disso; aprendi a preparar minha comida e fiz disso um atributo pelo qual os outros me conheceriam: eu era a menina que preparava a própria comida.

Partes da minha vida, incidentes na minha vida de então, parecem, quando recordados agora, que aconteciam em um lugarzinho minúsculo, escuro, um lugar do tamanho de uma casa de bonecas, e como se a casa de bonecas estivesse no fundo de um buraco, e eu estivesse na entrada do buraco, espiando aquela casinha, tentando entender exatamente o que acontecia ali embaixo. E às vezes, quando olho essa cena, certas coisas não estão no mesmo lugar que estavam da última vez que olhei: coisas diferentes estão à sombra em momentos diferentes, coisas diferentes estão sob a luz.

A esposa do meu pai me queria morta, primeiro de um jeito que lhe permitisse fazer uma ostensiva demonstração de tristeza pela minha morte: um acidente, o desejo de Deus. E então, como nenhum acidente acontecia e Deus não parecia se importar se eu vivia ou morria, ela tentou realizar o desejo por conta própria. Ela me deu de presente um colar de frutos secos e madeira polida e pedras e conchas do mar. Era a coisa mais linda, linda demais para uma criança, mas uma criança, uma criança de verdade, ficaria deslumbrada, seria seduzida, teria posto o colar no pescoço na mesma hora. Eu não era uma criança de verdade. Agradeci várias vezes. Agradeci de novo. Não o levei para o meu quarto. Não queria segurá-lo por muito tempo. Eu tinha criado um lugar no bosque sempre denso no quintal da casa. Ela ainda não sabia disso; quando por fim descobriu, mandou algo que eu não consegui ver o que era viver ali e assim me afugentou. Foi nesse canto secreto que deixei o colar até resolver o que faria com ele. Ela olhava o meu pescoço e reparava que eu não o usava, mas nunca mais falou nele. Nem uma vez sequer. Nunca insistiu que eu o usasse. Ela tinha um cachorro que levava consigo para passear; o cachorro fora um presente do meu pai, deveria protegê-la de perigos humanos reais, perigos que fossem visíveis, deveria fazê-la sentir uma espécie de segurança. Um dia pus o colar no pescoço do cachorro, escondendo-o debaixo dos pelos; em vinte e quatro horas ele enlouqueceu e morreu.

Se encontrou o colar no pescoço dele, ela nunca mencionou o fato a mim. Ela então engravidou e deu à luz o primeiro de seus dois filhos, e isso afastou sua atenção cerrada; mas ela não deixou de desejar que eu morresse.

 A escola que eu frequentava ficava a oito quilômetros de distância, no vilarejo vizinho, e eu ia andando até lá com algumas outras crianças, a maioria meninos. Tínhamos que cruzar um rio, mas na época das secas isso significava caminhar pelas pedras do leito do rio. Quando chovia e a água subia muito, tirávamos as roupas e as amarrávamos em uma trouxa, que botávamos em cima da cabeça, e cruzávamos o rio nus. Um dia, quando o rio estava muito alto e estávamos cruzando nus, vimos uma mulher na parte do rio onde a foz encontrava o mar. O rio era fundo ali e não sabíamos dizer se ela estava sentada ou de pé, mas sabíamos que estava nua. Era uma mulher linda, mais linda do que qualquer mulher que já tivéssemos visto na vida, linda de uma maneira que fazia sentido para nós, não no estilo europeu: era marrom-escura na pele, o cabelo era preto e brilhoso e enrolado em pequenos caracóis por toda a cabeça. O rosto era como uma lua, uma lua suave, marrom, reluzente. Ela abriu a boca e emitiu um som estranho, mas doce. Era hipnotizante; ficamos parados, olhando para ela. Ela estava rodeada de frutas, mangas — era época delas — e estavam todas maduras, e aqueles tons de vermelho, rosa e amarelo eram irresistíveis e nos faziam salivar. Ela fez um gesto para que nos aproximássemos. Alguém disse que não era uma mulher de verdade, que não devíamos ir, que devíamos fugir. Não conseguíamos nos afastar. E então um garoto, cujo rosto me lembro porque era a máscara masculina da negligência e da arrogância que passei a conhecer bem, foi em frente e em frente, e ria enquanto seguia em frente. Quando pareceu chegar ao lugar onde ela estava, ela se distanciou, embora estivesse sempre no mesmo lugar; ele nadou na direção dela e das frutas, e sempre que estava quase chegando perto ela se distanciava. Ele continuou nadando assim até começar a afundar de tanta exaustão; só víamos o topo de sua cabeça, só víamos suas mãos; em seguida não víamos mais nada, só uma série de círculos se formando onde ele estava antes, como se uma pedra tivesse sido jogada ali. E então a mulher com as frutas também sumiu, como se nunca tivesse estado ali, como se tudo aquilo nunca tivesse acontecido.

O garoto desapareceu: nunca mais foi visto, nem mesmo morto, e quando a água baixou, fomos olhar, mas ele não estava lá. Era como se nunca tivesse acontecido, a forma como falávamos era como se tivéssemos imaginado, porque nunca falamos disso em voz alta, simplesmente aceitamos que havia acontecido, e passou a existir apenas nas nossas mentes, um ato de fé, como a Imaculada Conceição para alguns, ou milagres parecidos; e teve o mesmo poder de crença e descrença, só que, ao contrário da Imaculada Conceição, tínhamos visto com nossos próprios olhos. Eu vi acontecer. Vi um garoto em cuja companhia eu ia até a escola nadar no ao encontro de uma mulher também nua e rodeada de frutas maduras e sumir nas águas turvas onde o rio encontrava o mar. Ele desapareceu ali e nunca mais foi visto. A mulher não era uma mulher: era algo que adquirira a forma de uma mulher. Era quase como se a realidade desse terror fosse tão esmagadora que tivesse virado um mito, como se tivesse acontecido muito tempo antes e com outras pessoas, não conosco. Sei de amigos que testemunharam essa situação comigo e, esquecendo que eu também estivera lá, me contavam a história de um certo jeito, me desafiando a acreditar neles; mas é só porque eles mesmos não acreditam no que estão falando; já não acreditam no que viram com os próprios olhos, ou na própria realidade. Isso já não é inexplicável para mim. Tudo que nos diz respeito é visto com dúvida, e nós, os vencidos, definimos tudo o que é irreal, tudo o que não é humano, tudo o que é sem amor, tudo o que é sem misericórdia. Nossa experiência não pode ser interpretada por nós: não sabemos a verdade dela. Nosso Deus não era o correto, nossa compreensão do paraíso e do inferno não era respeitável. A crença naquela aparição de uma mulher nua de braços estendidos chamando um garotinho para a morte era a crença dos ilegítimos, dos pobres, dos inferiores. Eu acreditava na aparição na época e acredito nela agora.

Quem era o meu pai? Não só quem era para mim, a filha dele — mas quem era ele? Era um policial, mas não um policial qualquer:

inspirava mais medo que o esperado de alguém em sua posição. Marcava horários para ver as pessoas, homens, na casa dele, o lugar onde vivia com a família — essa entidade da qual eu então meio que era um membro — e fazia essas pessoas ficarem esperando por horas a fio; às vezes nem sequer aparecia. Elas o esperavam, às vezes sentadas em uma pedra que ficava junto ao portão dos fundos, às vezes andando de um lado para o outro, de dentro do quintal para fora do quintal, fazendo o portão ranger, o que sempre irritava a esposa dele, e ela reclamava com essas pessoas, falava com elas num tom grosseiro, a grosseria desproporcional ao incômodo do rangido do portão. Elas o esperavam sem reclamar, dormiam em pé, dormiam sentadas no chão, os mosquitos bebendo a saliva que vazava do canto de suas bocas abertas. Elas esperavam, e como ele não aparecia iam embora e voltavam no dia seguinte, na esperança de vê-lo; às vezes o viam, às vezes não. Ele não sofria nenhuma consequência por aquele comportamento; só tratava as pessoas daquela forma. Não se importava, ou foi o que imaginei no começo — mas é claro que ele se importava; era bem pensada, essa sua forma de gerar sofrimento; ela fazia parte de todo um estilo de vida na ilha que perpetuava a dor.

Na época em que fui morar lá, ele havia acabado de dominar a máscara que usaria como rosto pelo resto da vida: a pele firme, os pequenos olhos retraídos como se enfiados na cabeça, para que fosse impossível obter alguma pista através deles, os lábios entreabertos em um sorriso. Parecia digno de confiança. As roupas sempre bem passadas, limpas, imaculadas. Não gostava que as pessoas o conhecessem muito bem: procurava nunca comer na frente de estranhos, ou de pessoas que tinham medo dele.

Quem era ele? Eu me faço essa pergunta o tempo todo, até hoje. Quem era ele? Era um homem alto; o cabelo ruivo; os olhos cinza. A esposa, a mulher com quem se casou depois que minha mãe morreu ao me dar à luz, era a filha única de um ladrão, um homem que cultivava bananas e café e cacau na própria terra (as safras eram vendidas a outra pessoa, um europeu que as exportava). Ela chegou ao meu pai sem dinheiro, mas o pai dela possibilitava inúmeras conexões. Compravam juntos as terras de outras pessoas, dividiam os lucros de forma satisfatória para os dois, nunca brigavam, mas não pareciam ser grandes amigos; meu pai não tinha um desses, um grande amigo. Quando conheceu a filha de seu ocasional parceiro no crime, não sei. Talvez tenha sido em uma noite cheia de estrelas, ou numa noite sem nenhuma luz, ou em um dia com o sol grandioso no céu ou tão sombrio que fosse uma tristeza estar vivo. Não sei e não quero saber. A voz dela tinha um tom severo, exaltado; se existe uma língua capaz de fazer sua voz soar musical e provocar algum desejo, eu ainda a desconheço.

Meu pai devia me amar naquela época, mas nunca me disse. Nunca o ouvi dizer essas palavras a ninguém. Ele queria que eu continuasse indo à escola, fazia questão, mas não sei por quê. Queria que eu fosse à escola além do período que a maioria das meninas costumava frequentar. Continuei na escola depois dos treze anos. Ninguém me disse o que devia fazer da minha vida depois que terminasse a escola. Foi um grande sacrifício que eu a frequentasse, pois, conforme sua esposa sempre ressaltava, eu teria muito mais serventia em casa. Ele me dava livros para ler. Ele me deu uma biografia de John Wesley, e à medida que eu lia me perguntava o que a vida de um homem tão cheia de conflitos espirituais e devoção tinha a ver comigo. Meu pai se tornara metodista, ia à igreja todo domingo; lecionava na escola dominical. Quanto mais roubava, mais dinheiro tinha, mais frequentava a igreja: não é uma relação incomum. E quanto mais rico ficava, mais firme a máscara do rosto ficava, e agora eu já não me lembrava da aparência que ele tinha quando eu o conhecera, tanto tempo atrás, antes de ir morar com ele. E então minha mãe e meu pai eram um enigma para mim: uma pela morte, o outro pela confusão da vida; uma eu nunca tinha visto, o outro eu via sempre.

O mundo que passei a conhecer era cheio de perigos e traições, mas não tive medo, não me tornei cautelosa. Eu não era indiferente ao risco que a esposa do meu pai representava para mim, e não era indiferente ao risco que ela achava que minha presença representava para ela. Portanto, na casa do meu pai, que era a casa dela, eu tentava me revestir de uma atmosfera de desculpas. Na verdade, não me sentia mal por absolutamente nada, não havia feito nada, nem de propósito nem por acidente, que justificasse meus pedidos de perdão, mas meus passos eram uma arma — um jeito de desviar sua atenção de mim, de convencê-la a pensar em mim como digna de pena, uma criança ignorante. Eu não gostava dela, não desejava sua morte, só queria que me deixasse em paz. Tomei muito cuidado quanto até que ponto levar essa atitude de piedade, porque não queria atrair a simpatia de mais ninguém, principalmente do meu pai, pois calculei que ela poderia ficar enciumada. Tinha uma versão dessa piedade que eu levava comigo à escola. Para meus professores, parecia quieta e aplicada; era recatada, em outras palavras, não parecia ter um pingo de interesse no mundo do meu corpo ou no corpo alheio. Essa exigência cansativa era apenas uma das muitas que me eram feitas apenas por eu ser do sexo feminino. Do momento em que saía da cama de manhã cedo até o momento em que me cobria de novo na escuridão da noite, eu executava muitos atos traiçoeiros de dissimulação, mas tinha clareza sobre quem eu era de verdade.

Deitava na cama à noite e voltava a atenção para os sons que havia dentro e fora de casa, identificando cada ruído, separando o real do irreal: se os gritos que riscavam a noite, abandonando a escuridão para se abater sobre a terra como fitas, eram os gritos dos morcegos ou de alguém que tivesse adquirido a forma de um morcego; se o som de asas que batiam naquele espaço tão vazio de luz era um pássaro ou alguém que tivesse adquirido a forma de um pássaro. O ruído do portão se abrindo era meu pai chegando muito depois que o sossego do sono tinha dominado a maior parte da casa, seus passos furtivos mas seguros entrando no quintal, subindo os degraus; a mão abrindo a porta da casa, fechando, girando a barra que tornava a porta segura, andando até outra parte da casa; ele nunca comia quando chegava tarde da noite. Nessas horas se ouvia com muita clareza o barulho do mar, à noite, às vezes um sibilo suave, a lambida das ondas na costa de rochas negras, às vezes a ira da água fervendo em um caldeirão trepidando sobre uma grande fogueira. E às vezes, quando a noite estava completamente inerte e completamente escura, eu ouvia, lá fora, o longo suspiro de alguém a caminho da eternidade; e isso, por mais estranho que possa parecer, perturbava a paz turbulenta de tudo que era real: os cachorros adormecidos sob as casas, as galinhas nas árvores, as próprias árvores balançando, não de um jeito que parecesse que fossem se soltar de suas raízes, apenas um balanço, como se quisessem ter o poder de fugir. E se prestasse atenção outra vez, eu ouvia o som dos que rastejavam de barriga no chão, dos que tinham lanças venenosas, e dos que carregavam um veneno fatal na saliva; eu ouvia os que estavam caçando, os que eram caçados, o uivo penoso dos pequenos prestes a ser devorados, seguido pela saciedade passageira dos que devoravam: tudo isso eu ouvia noite após noite, inúmeras vezes. E acabava só depois que minhas mãos subiam e desciam pelo meu corpo inteiro em uma carícia amorosa, chegando por fim ao ponto macio, úmido, entre minhas pernas, e um suspiro de prazer escapava dos meus lábios e eu não deixava ninguém ouvir.

Talvez fosse inevitável que assim que eu conhecesse a longa caminhada da casa do meu pai até a escola, no vilarejo vizinho, como a palma da minha mão, eu a deixasse para trás. Essa caminhada, todos os seus oito quilômetros de ida, mais oito quilômetros de volta, nunca deixou de causar algum terror em todas as crianças que a faziam, e tentávamos nunca ficar sozinhos. Andávamos sempre em grupos. Em qualquer ano que fosse, a qualquer momento que fosse, nunca éramos menos que uma dúzia, mais meninos do que meninas. Não éramos amigos: isso era desaconselhado. Nunca deveríamos confiar uns nos outros. Era como um lema que nossos pais nos repetiam; foi parte da minha criação, como um padrão de bons modos: você não pode confiar nessa gente, meu pai me dizia, as exatas palavras que os pais dos outros lhes diziam, talvez até ao mesmo tempo. Que "essa gente" éramos nós mesmos, que essa insistência na desconfiança dos outros — que pessoas que fossem tão parecidas, que dividiam uma história comum de sofrimento e humilhação e escravidão fossem ensinadas a desconfiar umas das outras, mesmo quando crianças, já não é um mistério para mim. As pessoas de quem devíamos desconfiar naturalmente estavam muito além da nossa influência; o que era necessário para que as derrotássemos, para que nos livrássemos delas, era algo muito mais potente do que a desconfiança. A desconfiança era apenas um dos muitos sentimentos que nutríamos uns pelos outros, todos eles opostos ao amor, todos eles tomando o lugar do amor. Era como se estivéssemos competindo por um prêmio secreto, e tivéssemos medo de que outra pessoa o ganhasse; qualquer expressão de amor, portanto, seria falsa, pois o amor poderia servir de vantagem para a outra pessoa.

Não éramos amigos. Andávamos juntos em um companheirismo baseado no medo, medo de coisas que não podíamos ver, e quando víamos essas coisas era comum que não compreendêssemos de verdade o perigo que representavam, de tão confusa que era a maior parte da realidade. Era só depois de deixarmos os arredores do nosso vilarejo e escaparmos dos olhares dos nossos pais que nos aproximávamos. Podíamos conversar, mas nossas conversas sempre eram sobre o terror. Como não seria? Tínhamos visto aquele garoto se afogar na foz do rio que cruzávamos todos os dias. Se nossa formação escolar fosse bem-sucedida, a maioria de nós não acreditaria ter testemunhado aquela situação. Dizer que tínhamos visto aquele garoto ir flutuando ao encontro de uma mulher cercada de frutas, e depois sumir nas águas caudalosas da foz do rio, era dizer que tínhamos vivido em uma escuridão da qual não poderíamos ser salvos. Naquela época e agora, eu não queria e não quero nada com a redenção.

Meu pai não acreditou que eu tivesse visto o afogamento do menino. Ficou zangado comigo por ter dito que o vira; botou a culpa nas minhas companhias. Disse que eu não devia falar com as outras crianças; disse que não eram de bons lares ou boas pessoas; disse que eu tinha que me lembrar que ele era meu pai e que ele ocupava um cargo oficial importante, e que eu falar aquelas coisas só lhe causaria constrangimento. Eu me recordo sobretudo da forma como ele me disse que eu não tinha visto o que eu sabia e ainda sei: o que eu tinha visto. Meu pai havia herdado a palidez fantasmagórica do pai dele, a pele que parece estar esperando outra pele, uma pele de verdade, chegar para cobri-la, e seus olhos eram cinza, como os olhos do pai dele, e o cabelo era ruivo e castanho, também como o do pai; só a textura do cabelo, grosso e crespo, era igual ao da mãe. Ela era uma mulher da África, de onde na África ninguém sabia, e que utilidade teria descobrir, ela era simplesmente de algum canto da África, aquele lugar no mapa que era uma mistura de formatos e tons de amarelo. E ele apontou o dedo rosa-amarronzado, marrom-rosado para mim e disse que eu não tinha visto o que tinha visto, eu não podia ter visto o que tinha visto, não tinha, não tinha, não tinha; mas eu vi, eu vi, eu vi. Mas não foi para ele que insisti em falar da realidade que eu conhecia. E não lhe contei do dia em que, ao voltar da escola sozinha, vi um macaco malhado sentado em uma árvore e joguei três pedras nele. O macaco pegou a terceira e a atirou de volta e me acertou acima do olho esquerdo, na minha sobrancelha, e sangrei furiosamente, como se nunca fosse parar. Não sei como, mas eu sabia que os frutos vermelhos de um certo arbusto estancariam o fluxo do sangue. Meu pai, ao ver a ferida, imaginou que fosse obra das mãos de um colega de escola, um menino, alguém que eu estivesse protegendo a ponto de não dizer quem era. Foi então que ele começou a fazer planos para me mandar para a escola de Roseau, para me afastar da má influência de crianças que me machucariam, que eu protegia de sua ira, e que, ele tinha certeza, eram garotos. E depois dessa explosão de emoções, que deveria ser vista como uma expressão de seu amor por mim, mas que só me fazia sentir mais uma vez o ódio e o isolamento em que todos vivíamos, o rosto dele voltou a ser uma máscara, impossível de ler.

Naquela estrada que conheci tão bem, vivi alguns dos momentos mais doces da minha vida. Em um longo trecho dela, no fim da tarde, eu via o reflexo da luz do sol na superfície do mar, e sempre havia um toque de expectativa prestes a ser cumprida, como se a qualquer instante uma cidadezinha feita daquela luz especial do sol na água fosse surgir, e dela fosse brotar uma alegria que eu nunca tinha imaginado. E eu conhecia um lugar bem perto dessa estrada onde os cajus mais doces cresciam; o suco dessas frutas provocava bolhas nos meus lábios e davam a sensação de que minha língua estava enrolada em barbante, dificultando a fala por um tempo, e eu achava isso, essa dificuldade de falar, a possibilidade de que fosse uma luta um dia voltar a falar, delicioso. Foi nessa estrada que pela primeira vez andei direto de um tipo de clima a outro: de uma chuva forte, gelada, ao calor radiante, límpido, do meio-dia. E foi nessa estrada que minha irmã, a filha do meu pai com a esposa, estava andando de bicicleta, depois de se encontrar com o homem que meu pai a proibira de ver e com quem ela se casaria, quando sofreu um acidente, caindo do precipício, o que a deixou aleijada e estéril, os olhos incapazes de focalizar direito. Não é uma lembrança feliz: seu sofrimento, mesmo agora, é muito vivo para mim.

Não muito depois que fui morar com eles, a esposa do meu pai começou a ter os próprios filhos. Primeiro um menino, depois uma menina. Foram duas as consequências previsíveis: ela me deixou em paz e deu mais valor ao filho do que à filha. Que não tivesse em alta conta a pessoa mais parecida com ela, a filha, uma menina, era tão normal que só seria notado se fosse o contrário: para gente como nós, desprezar o que houvesse de mais parecido conosco era quase uma lei da natureza. Esse fato da vida da minha irmã me levou a sentir uma compaixão esmagadora por ela. Ela não gostava de mim — a mãe lhe dizia que eu era inimiga dela, que não era digna de confiança, que era como uma ladra dentro de casa, à espera do momento certo para lhes roubar a herança. Isso convenceu minha irmã, e ela desconfiava e não gostava de mim; as primeiras palavras ofensivas que falou foram dirigidas a mim. A esposa do meu pai sempre havia me dito, em particular, quando meu pai não estava em casa, que eu não podia ser filha dele porque não era parecida com ele, e era verdade que eu não tinha nenhuma de suas características físicas. Minha irmã, entretanto, se parecia com ele: o cabelo e os olhos eram das mesmas cores que os dele, ruivo e cinza; a pele também era do mesmo tom que a dele, fina e vermelha, não vermelha como o cabelo, outro vermelho, como a cor da terra em alguns lugares. Porém, não tinha a calma e a paciência dele: andava feito um soldado e não conseguia conter a fúria que havia dentro dela. Tampouco tinha sua qualidade de guardar as opiniões para si: todos os pensamentos que passavam por sua cabeça tinham que ser enunciados, e, portanto, sempre que me via, ela logo me informava o que minha presença lhe sugeria. Nunca a odiei, tinha apenas empatia por ela. A tragédia dela era maior que a minha: sua mãe não a amava, mas sua mãe estava viva, e todos os dias ela via a mãe e todos os dias a mãe demonstrava que ela não era amada. Minha mãe estava morta. Era o próprio filho que a esposa do meu pai protegia, não que o amasse mais, pois era incapaz disso — de amar; ela o protegia porque ele não era igual a ela: não era do sexo feminino, era do sexo masculino. Esse menino pensava, e era incentivado a pensar, que era igual ao pai de maneiras físicas e de maneiras espirituais, portanto se dizia que ele andava que nem o pai e que alguns de seus gestos eram iguais aos do pai, mas não era verdade; não era assim, não mesmo. Ele andava que nem meu pai, tinha alguns de seus gestos, mas aquela forma de andar do meu pai não era natural e os gestos tampouco eram naturais. Meu pai havia se inventado, havia se criado à medida que seguia em frente; quando queria alguma coisa, ele se colocava à altura da situação, fazia sua aparência se encaixar no molde. O homem, meu pai, que a esposa e o filho viam, o homem que queriam que o menino fosse, existia, mas a pessoa que viam era uma expressão dos desejos do meu pai, uma expressão de suas necessidades; a personalidade que observavam era como um terno que meu pai tivesse costurado para si mesmo, e que tivesse usado por tanto tempo que era impossível tirá-lo, encobria completamente quem ele era de verdade; quem ele realmente teria sido caso se tornasse um desconhecido até mesmo para si. Meu pai era um ladrão, era um carcereiro, falava mentiras, tirava vantagem dos fracos: era quem ele era no fundo; agiu assim em todos os momentos da vida, mas no final da vida, o carcereiro, o ladrão, o mentiroso, o covarde — todos eram desconhecidos para ele. Ele se via como um homem da liberdade, honesto e valente; acreditava nisso da mesma forma que acreditava na autenticidade de tudo que podia ver com os próprios olhos, como o calor do sol ou o azul do céu, e nada poderia convencê-lo de que o exato oposto era verdade. Não era algo que a esposa e o filho soubessem, ou poderiam ter sabido, e portanto esse menino desde o começo teve uma vida dolorosa, uma vida copiada, uma vida cujas origens ele desconhecia. Vê-lo, mais ou menos com onze anos, de terno de linho branco, uma cópia exata do terno do pai; tão magro, tão pálido; o cabelo preto, que era igual ao da mãe, alisado à força contra o couro cabeludo; os passos desajeitados, desequilibrados, como se tivesse acabado de dominar a habilidade de usar os pés — vê-lo caminhando até a igreja, para cultuar um deus em que meu pai não acreditava de fato, pois meu pai não conseguia acreditar em deus nenhum; vê-lo tão empenhado em ser igual a esse homem que ele desconhecia, cujos atos ele nunca tinha analisado, instilava em mim apenas compaixão e tristeza; e portanto, quando ele morreu, antes de completar dezenove anos, não achei que foi uma tragédia, só achei que foi uma misericórdia que sua vida de desgraça e tortura tivesse sido tão curta. Sua morte foi longa e dolorosa, a causa desconhecida, talvez até incompreensível; quando morreu, não havia um espaço vazio que ele tivesse ocupado, e o luto da mãe e o luto do meu pai por ele muitas vezes pareciam misteriosos, um grande por quê e o quê, pois quem era o menino, a pessoa por quem sofriam.

E assim passei a conhecer bem o mundo em que vivia. Sabia como interpretar os longos silêncios que a esposa do meu pai havia construído entre nós. Às vezes não havia absolutamente nada nesses silêncios; às vezes eram repletos de puro mal; às vezes ela queria me ver morta, às vezes o fato de eu estar viva não lhe interessava. Seu desejo de que eu morresse era uma reação automática: ela nunca havia me amado, nunca desejara que eu estivesse viva para começo de conversa, e quando me via, me via de verdade, me olhava e percebia quem eu era, só conseguia desejar que eu morresse. Mas depois da primeira tentativa genuína — aquela em que me deu um colar de presente, que então dei para o seu cachorro preferido e o colar deu ao cachorro a morte que deveria ser minha — as outras tentativas que fez foram tímidas; em certa medida, porque notava meu desejo de sobreviver, mas também porque estava mais preocupada com sua vida como mãe de um futuro grande homem. Quando o filho morreu, eu já não morava na casa dela, já tinha saído de seu campo de visão, ela não precisava me ver e talvez se vingar porque eu continuava viva.

Observar qualquer ser humano desde a infância, ver alguém surgir, como uma nova flor em botão, cada pétala primeiro enrolada bem apertada nas outras, e depois o afrouxamento natural e o desvelamento, a abertura em uma floração, a vida dessa floração, deve ser algo incrível de se ver; observar a experiência se acumular nos olhos, nos cantos da boca, o desabar da testa, o peso no coração e na alma, a aglomeração de gordura na cintura, nos peitos, o desacelerar dos passos não pela velhice mas apenas pela cautela da vida — tudo isso é algo tão maravilhoso de se assistir, tão maravilhoso de se ver; o prazer para o observador, a testemunha, é uma corrente invisível entre os dois, o observado e o observador, o testemunhado e a testemunha, e creio que nenhuma vida esteja completa, nenhuma vida seja realmente inteira, sem essa corrente invisível, que sob muitos aspectos é a definição do amor. Ninguém me observou e testemunhou, eu observei e testemunhei a mim mesma; a corrente invisível saía e voltava para mim. Passei a me amar por rebeldia, por desespero, porque não havia mais nada. Esse amor basta, mas apenas basta, não é o melhor: tem o gosto de uma coisa que ficou tempo demais na prateleira e estragou, e que revira o estômago quando é comida. Ele basta, ele basta, mas só porque não existe mais nada que ocupe seu lugar; não é recomendado.

 E portanto, quando vi pela primeira vez o fluido vermelho denso do meu sangue menstrual, não me surpreendi e não tive medo. Nunca tinha ouvido falar naquilo, não esperava, tinha doze anos, mas seu surgimento, para minha jovem mente, para meu corpo e alma, teve a força do destino cumprido: era como se eu sempre tivesse sabido, mas nunca tivesse assumido para a minha consciência, nunca tivesse entendido como exprimir em palavras. Veio daquela primeira vez tão denso e vermelho e abundante que foi impossível pensar nele como mero prenúncio, um aviso qualquer, um símbolo; era a coisa em si, meu fluxo menstrual, e soube na mesma hora que se deixasse de aparecer regularmente depois de algum tempo só poderia significar um enorme problema para mim. Talvez eu soubesse na época que a criança em mim nunca se aquietaria o bastante para que eu pudesse ter um filho meu. De um padeiro, comprei quatro sacos, do tipo em que se embalava farinha, e depois de tirar a marca tingida por meio de um longo processo de lavagem e branqueamento sob o sol quente, fiz quatro quadrados com cada um e os usei como panos para segurar meu sangue quando ele descia por entre minhas pernas. Depois que a esposa do meu pai me viu iniciar e completar esse ato, me disse que, quando eu virasse uma mulher de verdade, ela teria que se proteger de mim. Na época achei aquela declaração injustificada, pois, afinal, eu ainda me protegia dela. Foi mais ou menos nessa época, também, que a textura do meu corpo e o cheiro do meu corpo começaram a mudar; pelos grossos apareceram nas minhas axilas e no espaço entre minhas pernas, onde antes não havia nada, meu quadril se alargou, meu peito se adensou e inchou levemente no começo, e um espaço profundo se formou entre meus dois seios; o cabelo na minha cabeça se tornou comprido e macio e suas ondas se intensificaram, meus lábios se espalharam pelo rosto e engrossaram, adquirindo o formato de um coração que tivesse sido pisado. Eu me olhava num pedaço velho de um espelho quebrado que tinha achado no entulho debaixo da casa do meu pai. A visão do meu corpo em mutação não me assustava, eu só me perguntava como minha aparência ficaria; eu nunca duvidei de que fosse gostar completamente do que quer que me encarasse do espelho. E assim o cheiro das minhas axilas e entre minhas pernas também mudou, e essa mudança me agradava. Nesses lugares o odor se tornou pungente, forte, como se algo estivesse em processo de fermentação, aos poucos; em particular, naquela época e agora, minhas mãos quase nunca saíam desses lugares, e quando eu estava em público, essas mesmas mãos nunca ficavam longe do meu nariz, de tanto que gostava do meu cheiro, naquela época e agora.

Aos catorze anos, eu havia esgotado os recursos da minúscula escola de Massacre, o minúsculo vilarejo entre Roseau e Mahaut. Sabia muito mais do que a escola poderia me ensinar. Percebi desde o começo da vida que eu saberia as coisas quando precisasse sabê-las, já sabia há muito tempo que poderia confiar nos meus instintos a respeito das coisas, que se um dia estivesse em uma situação difícil, se eu pensasse bastante a solução me viria à cabeça. Que essa concepção da vida teria suas restrições eu não tinha como saber, mas de todo modo minha vida já era por si só pequena e restrita.

Eu também sabia a história de uma variedade de povos que jamais conheceria. Isso não me impediria de sabê-las; é só que essa história de povos que eu jamais conheceria — romanos, gauleses, saxões, bretões, o povo britânico — escondia um objetivo malicioso: fazer com que eu me sentisse humilhada, rebaixada, insignificante. Depois de perceber e aceitar essa malícia que me era dirigida, fiquei fascinada com essa expressão de vaidade: o perfume do próprio nome e das próprias façanhas é inebriante, e nunca provoca cansaço ou exaustão; é sua própria inspiração, é sua própria renovação. E também descobri que ninguém pode de fato julgar a si mesmo: descrever as próprias transgressões é se perdoar por elas; confessar os próprios malfeitos é ao mesmo tempo se perdoar, e portanto o silêncio se torna a única forma de autopunição: viver para sempre trancafiado em uma gaiola de ferro feita de silêncio, e então, de vez em quando, ver esse silêncio rompido por um arauto, alguém que repete sem parar, em frases entrecortadas ou completas, uma lista das violações, dos males cometidos.

Eu nunca tinha ido a Roseau até meus quinze anos, quando meu pai me levou à casa de um homem que conhecia, Monsieur LaBatte,

Monsieur Jacques LaBatte, ou Jack, como passei a chamá-lo na escuridão amarga e doce da noite. Ele também era um homem sem princípios, e isso não me causou surpresa ou decepção, não fez com que eu gostasse mais ou menos dele. Ele e meu pai se conheciam por causa de arranjos financeiros que tinham em comum. Chamavam-se de amigos, mas a fragilidade da base em que essa amizade foi construída só causaria tristeza em alguém que não ame o mundo e todas as coisas materiais que existem nele. E Roseau, mesmo naquela época, quando a realidade de todas as situações era tão horrorosa que precisava ser mascarada e chamada de outra coisa, uma coisa oposta à sua verdadeira natureza, não era considerada uma cidade, era chamada de capital, a capital de Dominica. Ela também tinha uma base frágil, e de vez em quando era destruída pelas forças da natureza, um furacão ou água caída do céu como se de repente o mar estivesse em cima e o céu embaixo. Roseau não poderia ser chamada de cidade, pois não poderia encarnar aspirações tão nobres — centro do comércio e da cultura e da troca de ideias entre as pessoas, lugar de intrigas, onde complôs são tramados e o destino de muitos é decidido; não era bem uma cidade, era um posto avançado, uma estação de passagem para pessoas para quem as coisas tinham dado errado, fosse por conta dos próprios atos ou sem que tivessem culpa; e na época havia muitos lugares como Roseau, postos avançados do desespero; tanto para o conquistador quanto para o conquistado esses lugares não eram a capital de nada além do desespero. Isso não surpreendia os que eram trazidos à força para viver ali, mas, ainda assim, nesse lugar havia certa beleza, inesperada e portanto impressionante; ela podia ser vista na forma como as casas eram apertadas umas contra as outras, espremidas, pequenas e tortas, como se mal construídas de propósito, pintadas em tons berrantes de vermelho, azul, verde ou amarelo, ou às vezes sem pintura, a madeira exposta às intempéries, ficando cinza-clara. Nesse tipo de casa moravam pessoas cujas peles brilhavam de exaustão e cujos rostos eram tristes mesmo quando tinham motivo para estar felizes, pessoas para as quais a história tinha sido um quarto grande, escuro, que as fazia odiar o silêncio. E às vezes havia um vento fraco e às vezes a placidez das árvores, e às vezes o sol se pondo e às vezes a alvorada se abrindo, e o aroma doce, enjoativo, do lírio branco que só floria à noite, e o aroma doce, enjoativo, de algo morto, algo animal, apodrecendo. Essa beleza, da primeira vez que a vi — vi por partes, não toda de uma vez —, me deixou feliz por estar viva; eu não podia explicar essa sensação de alegria ao ver algo novo e estranho, o desconhecido. E então muito, muito depois, quando todas essas coisas haviam se tornado parte de mim, uma parte do meu cotidiano, essa sensação de alegria já não era mais possível, mas eu ansiava por ela, queria me sentir renovada outra vez, sentir dentro de mim uma fonte de alegria brotando, me sentir cheia de esperança, me sentir jovem de novo. Hoje anseio por me sentir fresca outra vez, sentir que nunca vou morrer, mas é impossível; só posso ansiar por isso, nunca mais poderei voltar a ser assim.

Muito depois que meu pai me tirou de sua casa e da presença de sua esposa, entendi que ele sabia que aquilo era necessário. Nunca soube o que ele viu em mim, nunca soube o que queria de mim ou para mim; na época parecia ter um objetivo, essa minha retirada de Roseau; ele queria que eu continuasse a frequentar a escola, queria que um dia eu virasse professora, queria dizer que a filha lecionava em uma escola. A ideia de que eu pudesse ter minhas próprias aspirações não lhe passava pela cabeça, e se eu tinha minhas próprias aspirações, não as conhecia. Qual era a impressão que ele tinha da atmosfera da própria casa, eu não sabia. O que ele via no meu rosto ele nunca me disse. Mas ele me levou a essa casa de um homem que conhecia dos negócios e me deixou aos cuidados desse homem e da esposa dele. Eu era uma hóspede, mas paguei pela hospedagem por meus próprios meios. Em troca do meu quarto e das refeições nessa casa, eu fazia algumas tarefas domésticas. Eu não me opunha, não poderia me opor, não queria me opor, não sabia na época como me opor abertamente.

Conheci Monsieur e Madame à tarde, uma tarde quente. Eram isso para mim naquela época — Monsieur e Madame. Primeiro a conheci a sós; ele estava sozinho em um quarto, em outra parte da casa, um quarto onde guardava o dinheiro que gostava de contar inúmeras vezes; aquele não era todo o dinheiro que tinha no mundo. Da primeira vez que vi Madame LaBatte, ela estava na porta de sua bela casa, a porta da frente, com seu agradável e limpo pátio repleto de flores e pilhas de pedras bem arrumadas; à sua esquerda e à direita havia dois grandes arbustos de dentelárias com flores azuis inertes no ar quente. Ela usava um vestido branco feito de um tecido áspero decorado com um bordado de flores e folhas; reparei porque era um vestido que as pessoas de Mahaut só usariam para ir à igreja no domingo. O vestido não estava gasto e estava limpo; não tinha um corte elegante, era largo, lhe caía mal, como se ela já não se interessasse pelo próprio corpo. Meu pai falou com ela, ela falou com o meu pai, ela falou comigo; ela olhou para mim, eu olhei para ela. Não para nos medirmos; eu não sabia o que ela pensava ver nos meus olhos, mas agora posso dizer que tive um sentimento instintivo de empatia por ela. Não sei por que empatia, por que não o contrário, mas empatia foi o que eu senti. Talvez porque ela parecesse muito ser alguém que havia conseguido o que tanto queria.

Ela queria muito se casar com Monsieur LaBatte. Soube disso pela mulher que vinha todos os dias lavar as roupas deles. Querer desesperadamente se casar com homens, por fim entendi, não é um erro que as mulheres cometem, é apenas, bem, o que mais lhes resta fazer? Nunca me disseram por que ela queria se casar com ele. Eu imaginei: ele tinha um corpo forte, ela se sentia atraída por seu corpo forte, suas mãos fortes, sua boca forte; era uma boca grande e larga e devia cobrir a dela sempre que a beijava. Engolia a minha sempre que ele me beijava. Ela não era uma mulher frágil quando se conheceram, só se tornou frágil depois: ele a exaurira. Assim que se conheceram, ele se negou a se casar com ela. Negava-se a se casar com qualquer mulher que fosse. Elas lhe davam filhos, e se os filhos eram meninos, esses meninos recebiam seu nome completo, mas ele jamais se casava com as mães. Madame LaBatte descobriu um jeito: serviu a ele comida preparada com um molho feito de seu sangue menstrual, o que o uniu a ela, e se casaram. Com o tempo, o feitiço enfraqueceu e deixou de funcionar. Ele se voltou contra ela — não com raiva, pois nunca ficara sabendo da armadilha que fora armada para ele — ele se voltou contra ela com a força da arma que carregava entre as pernas, e ele a exauriu. O cabelo dela era grisalho, e não era por causa da idade. Assim como muitas coisas nela, havia simplesmente perdido a vitalidade, repousava em sua cabeça sem nenhuma vida de fato; as mãos pendiam junto ao corpo, soltas. Tinha sido linda quando jovem, como todas são, tão lindas quando jovens, mas em seu rosto estava a pessoa que havia se tornado de verdade: derrotada. A derrota não é bela; não é feia, mas não é bela. Eu era jovem na época; eu era jovem, eu não sabia. Quando olhava para ela e sentia empatia, eu também sentia repulsa. Eu pensava: isso jamais pode acontecer comigo, e eu queria dizer que não permitiria que a passagem do tempo ou todo o peso do desejo fizessem de mim um joguete. Eu era jovem, muito jovem, e sentia minhas convicções com veemência; me sentia forte e sentia que sempre seria assim, me sentia renovada e sentia que também sempre seria assim. E naquele momento as roupas que eu estava usando ficaram pequenas demais, meu peito cresceu e se espremeu contra a blusa, meu cabelo tocou meus ombros com uma carícia que me causou calafrios por dentro, minhas pernas esquentaram e entre elas havia umidade, uma viscosidade doce e com um cheiro forte. Eu estava viva; podia ver que diante de mim havia uma mulher que não estava. Era quase como se eu percebesse o perigo e rapidamente criasse para mim uma defesa; ao ver o que eu poderia me tornar, muito cedo me tornei o oposto.

Ela gostou de mim. Essa mulher gostou de mim; o marido gostou de mim; ela ficou contente porque ele gostou de mim. Quando ele emergiu do quarto onde guardava o dinheiro, para cumprimentar meu pai e eu, Madame LaBatte já tinha me dito para ficar à vontade, para considerá-la minha mãe, para me sentir segura sempre que ela estivesse perto. Ela não tinha como saber o que essas palavras significavam para mim, ouvir uma mulher dizê-las para mim. Claro que não acreditei nela, não tentei me enganar, mas sabia que ela falava a sério quando as dizia para mim, ela realmente queria me dizê-las. Gostei muito dela, da sombra de sua personalidade antiga, tão grata pela minha presença, já não mais sozinha com seu prêmio e sua derrota. Ele não falou logo comigo; não importava se era eu ou qualquer outra pessoa que meu pai tivesse lhe pedido para hospedar. Ele gostava da ganância silenciosa do meu pai, e meu pai gostava da ganância absoluta que havia nele. Eram compatíveis; um podia trair o outro a qualquer momento, talvez naquele momento já até tivessem traído. Monsieur LaBatte já era um homem rico, mais rico que o meu pai.

Ele tinha relações melhores; não desperdiçara tempo se casando com uma pobre caraíba por amor.

Morei nessa casa, ocupando um quarto que era ligado à cozinha; a cozinha não fazia parte da casa. Eu estava desfrutando a ausência de ameaça constante que me era imposta pela esposa do meu pai, ainda que pudesse sentir o fardo da minha vida: o passado breve, o futuro desconhecido. Podia escrever cartas para o meu pai, cartas que continham verdades simples: os dias pareciam mais curtos em Roseau do que os dias em Mahaut, as noites pareciam mais quentes em Roseau do que as noites em Mahaut. Madame LaBatte é muito gentil comigo, ela guarda como um agrado especial a parte do peixe de que eu mais gosto. A parte do peixe de que eu mais gosto é a cabeça, fato que meu pai não saberia, que eu não tinha razão para achar que ele iria querer saber. Mandava essas cartas para ele sem medo. Nunca recebi uma resposta direta; ele me mandava notícias nas cartas que escrevia a Monsieur LaBatte; sempre esperava que eu estivesse me saindo bem e me desejava tudo de bom.

Minha grande amizade, pois era isso, uma amizade — talvez a única que tive na vida — com Madame LaBatte continuava a crescer. Ela estava sempre sozinha. Isso era verdade mesmo quando estava com os outros, ela era muito solitária. Ela achava que me obrigava a ficar sentada ao lado dela na varanda enquanto costurava ou apenas contemplava com apatia a cena à sua frente, mas eu queria me sentar ao lado dela. Estava apreciando essa nova experiência, a experiência de um silêncio cheio de expectativas e desejo; ela queria algo de mim, eu podia perceber, e ansiava para que o momento chegasse, o momento em que saberia exatamente o que ela queria. Nunca me passou pela cabeça me opor. Um dia, sem nenhuma preparação, ela me deu um vestido lindo que já não usava; ainda cabia nela, mas não o usava mais. Quando estava provando o vestido, pude ouvir os pensamentos dela: pensava na juventude, na pessoa que tinha sido na primeira vez que usou o vestido que acabara de me dar, nas coisas que queria, nas coisas que não tinha conseguido, na superficialidade de sua vida inteira. Tudo isso enchia o ar do quarto em que estávamos, o quarto onde ficava a cama em que ela dormia com o marido. Meus pensamentos respondiam aos dela: você foi boba; não devia ter deixado isso acontecer com você. A culpa é toda sua. Eu não tinha misericórdia, minhas condenações iam enchendo minha cabeça com um rugido lento até eu achar que iria desmaiar, e então uma ideia me veio devagar, me salvando do desmaio: ela quer fazer de mim um presente para o marido; quer me dar a ele, espera que eu não me importe. Eu estava de pé no quarto diante dela, minhas roupas sendo tiradas, minhas roupas sendo postas, nua, vestida, mas a vulnerabilidade que eu sentia não era do corpo, era do espírito, da alma. Me comunicar com alguém com tamanha intimidade, escutar alguém em silêncio e no entanto entender com mais clareza do que se ela tivesse gritado a plenos pulmões, era algo que eu não vivenciaria com mais ninguém na vida. Peguei o vestido dela. Não o vesti, nunca o vestiria; só o peguei e fiquei com ele por um tempo.

O inevitável não causa menos choque só por ser inevitável. Eu estava sentada, num fim de tarde, em uma área com sombra atrás da casa, onde havia algumas flores plantadas, embora o espaço não pudesse ser chamado de jardim, já que não era muito cuidado. O sol ainda não havia se posto por completo; era justamente aquele momento em que as criaturas diurnas estão sossegadas mas as criaturas noturnas ainda não encontraram suas vozes. Era aquela hora do dia em que tudo o que você perdeu fica mais pesado na sua cabeça: sua mãe, se você a perdeu; sua casa, se você a perdeu; as vozes das pessoas que poderiam tê-la amado ou que você gostaria que a tivessem amado; os lugares em que algo bom, algo de que você não se esquece, lhe aconteceu. Essas sensações de anseio e perda são mais pesadas exatamente sob essa luz. O dia está quase acabando, a noite está quase começando. Eu já não usava mais roupas de baixo, eu as achava desconfortáveis, e sentada ali eu tocava em várias partes do meu corpo, às vezes sem pensar, às vezes com um objetivo em mente. Estava passando os dedos da mão esquerda pelo pequeno tufo de pelos entre minhas pernas e pensando na vida que eu tinha vivido até ali, quinze anos naquele instante, e vi que Monsieur LaBatte estava parado não muito longe de mim, me olhando. Ele não se afastou por constrangimento e eu tampouco fugi de constrangimento. Nós nos encaramos. Tirei os dedos da região entre minhas pernas e os levei ao rosto, queria sentir meu cheiro. Era o fim do dia, meu odor estava bastante forte. Essa cena, eu colocando a mão entre as pernas e depois apreciando meu cheiro e Monsieur LaBatte me observando, durou até a queda súbita da escuridão, e então, quando ele se aproximou de mim e pediu que eu tirasse a roupa, declarei, muito segura de mim, ciente do que eu queria, que estava escuro demais, eu não conseguia enxergar. Ele me conduziu ao cômodo onde contava dinheiro, o dinheiro que era apenas uma parte do dinheiro que tinha. Era um quarto escuro e ele sempre mantinha uma pequena lâmpada acesa. Tirei a roupa e ele tirou as dele. Foi o primeiro homem que vi nu e ele me surpreendeu: o corpo de um homem não é o que o torna desejável, é o que seu corpo pode levá-la a sentir ao tocá-la que é a coisa, antever o que o corpo dele vai fazê-la sentir, e então a realidade se torna melhor do que a expectativa e o mundo adquire uma completude, uma completude com uma corrente que a atravessa, uma corrente de puro prazer. Mas assim que o vi, as mãos pendendo junto ao corpo, ainda não acariciando meu cabelo, ainda não dentro de mim, ainda não levando as pequenas saliências que eram meus seios à boca, ainda não abrindo mais a boca para enfiar a língua mais fundo na minha boca, as dobras flácidas de pele na barriga, a carne enrijecida entre as pernas, me surpreendi com o quanto era feio sozinho, parado ali; era a expectativa que era a coisa, era a expectativa que me mantinha fascinada. E a força dele dentro de mim, por mais inevitável que fosse, me causou um outro choque, uma linha longa e cortante de dor que me dominou com a amplitude de uma onda, uma linha longa e cortante de prazer: e a cada penetração dele dentro de mim, eu soltava um gemido que era o mesmo gemido, um gemido de tristeza, pois sem fazer daquilo o que não era de fato eu já não era a mesma pessoa de antes. Ele não era um homem do amor, eu não precisava que fosse. Quando havia encerrado comigo e eu com ele, ele ficou deitado em cima de mim, respirando indiferente: sua cabeça estava em outras coisas. Em uma prateleira atrás dele vi que ele tinha enfileirado muitas moedas, viradas de cara para cima; exibiam o rosto de um rei.

    No quarto onde eu dormia, o quarto com chão de terra, despejei água em uma bacia pequena de estanho e limpei a crosta fina de sangue que havia secado entre minhas pernas e na parte interna delas. Esse sangue não era um mistério, eu sabia por que estava ali, sabia o que tinha acabado de acontecer comigo. Queria ver qual era minha aparência, mas não tinha como. Passei as mãos pelo corpo: minha pele estava macia, como se tivesse acabado de passar óleo e estivesse recém-polida. O ponto entre as minhas pernas doía, meus seios doíam, meus lábios doíam, meus punhos doíam; quando não quis que eu tocasse nele, ele pôs as mãos enormes nos meus punhos e os imobilizou contra o chão; quando meus gemidos o distraíram, ele trancou meus lábios com a sua boca. Foi por meio de todas as partes do meu corpo que doíam que revivi o grande prazer que tinha experimentado. Ao acordar na manhã seguinte, minha sensação era de que não havia dormido nada; era como se tivesse perdido a consciência e continuasse de onde havia parado na minha dor de prazer.

 Chovera durante a noite, uma chuva que estava além do torrencial, e de manhã ela não parou, na noite após a manhã ela não parou; a chuva não parou por muitos, muitos dias. Caiu com tanta força e por tanto tempo que parecia ter a capacidade de mudar o rosto e o destino do mundo, o mundo do posto avançado Roseau, e quando ela parasse nada seria igual: não o chão que pisávamos, nem mesmo o resultado de uma discussão. Mas não foi o que aconteceu: depois que a chuva parou, as águas formaram córregos, os córregos desaguaram nos rios, os rios desaguaram no mar; o chão manteve sua forma. Eu estava perturbada. Não continuaria a mesma, eu podia ver; o respeitável, o previsível — isso não estaria no meu destino.

 Durante os dias e noites em que a chuva caiu não pude manter minha rotina: preparar meu café da manhã, fazer algumas tarefas domésticas na casa principal onde moravam Madame e Monsieur, depois caminhar até a escola, onde só estudavam meninas, evitando a companhia infantil delas, voltar para casa, fazer pequenas tarefas para Madame na rua, voltar para casa, dar conta de mais alguns afazeres domésticos, lavar minhas roupas e cuidar de mim mesma e das minhas coisas. Não pude fazer nada disso: a chuva impossibilitava.

 Eu estava no meio de uma versão menor do grande dilúvio; ela vinha pelo telhado do meu quarto, que era feito de zinco. Eram as mesmas sensações; ainda não estava acostumada com elas, mas a chuva me era familiar. Uma batida na porta, uma ordem; a porta se abriu. Ela veio me resgatar, sabia que eu devia estar sofrendo na chuva, estava na cozinha e de lá escutara meu sofrimento, causado por esse dilúvio inesperado, esse aguaceiro desmedido; ficar sozinha ali seria a causa de tanto sofrimento, ela podia me ouvir sofrendo. Mas eu não fazia barulho nenhum, apenas os suspiros leves da satisfação recordada. Ela me levou para dentro de casa; me fez café, estava quente e forte, com leite fresco que ele havia trazido naquela manhã de algumas vacas que mantinha não muito longe da casa. Ele não estava em casa agora; tinha vindo e ido embora. Passei o dia com ela; passei a noite com ele.

Não foi um arranjo feito com palavras; não poderia ter sido feito com palavras. Naquele dia ela me mostrou como fazer uma xícara de café para ele: ele gostava do café com um sabor tão forte que se sobrepunha a qualquer coisa que alguém quisesse colocar nele. Ela disse: "O gosto é tão forte que você pode colocar o que bem entender, ele não vai perceber nunca". Quando estávamos a sós, conversávamos no patoá francês, a língua dos cativos, dos ilegítimos; nunca falávamos do que andávamos fazendo, nunca falávamos por muito tempo, falávamos das coisas à nossa frente e depois nos calávamos. O silêncio precedera as instruções para fazer o café; o silêncio as seguiu. Eu não disse a ela, Não quero fazer café para ele, nunca vou fazer café para ele, não preciso saber como fazer o café desse homem, homem nenhum jamais vai tomar café feito pelas minhas mãos desse jeito! Eu não disse essas coisas. Ela lavou meu cabelo e o enxaguou com um chá de urtiga que tinha feito; ela o penteou com carinho, admirada com o volume; aplicou um óleo de semente de mamona feito por ela no meu couro cabeludo; arrumou o cabelo em duas tranças, como eu sempre o usava. Em seguida ela me banhou e me deu outro vestido, que usara quando moça. O vestido ficou perfeito em mim, me senti quase desconfortável com ele, mal podia esperar para tirá-lo e pôr minhas próprias roupas.

Nos sentamos em duas cadeiras, não frente a frente, falando sem palavras, trocando pensamentos. Ela me contou de sua vida, de quando foi nadar; era domingo, ela havia ido à igreja e depois fora nadar e quase se afogara, e nunca mais tinha feito isso até então, muitos anos depois. Aquilo acontecera quando era menina; agora ela nunca entra na água do mar, só olha; e à minha pergunta silenciosa, se ao olhar para o mar ela se arrependia de agora não ser parte de sua eternidade, ela não respondeu, não poderia responder, tanta tristeza havia esmagado sua vida. No momento em que conheceu Monsieur LaBatte — ela o chamava assim naquela época, depois o chamou de Jack, agora o chama de Ele —, quis que ele a possuísse. Ela não consegue se lembrar da cor do dia. Ele não reparou nela, não quis possuí-la; os braços dele eram fortes, os lábios eram fortes, ele caminhava com passos firmes, mesmo quando não ia a lugar algum; ela o amarrou, um feitiço, queria se enxertar nele, como fazem com as árvores. Começou no mundo do que não era natural; esperava acabar no mundo do natural. Queria apenas possuí-lo; ele se negava a ser possuído, se negava a ser contido. Querer o que você jamais terá e saber tarde demais que você nunca terá é uma vida assolada pela tristeza. Ela queria um filho, mas seu útero era como uma peneira: não conteria um bebê, agora não conteria nada. Jazia seco dentro dela; talvez seu rosto o espelhasse: seco, murcho, como uma fruta que perdeu todo o sumo. Eu dava valor à minha juventude, apreciava a novidade que eu era, sentada ali ao lado dela? Não: como poderia? Na minha coluna de perdas, a juventude não fora inserida; na minha coluna de perdas havia minha mãe; o amor ainda não estava na minha coluna de perdas. Eu ainda não tinha sido amada, não saberia dizer se o jeito como ela penteava meu cabelo era uma expressão de amor. Não saberia dizer se seu jeito delicado de me dar banho, esfregando o pedaço de tecido nos meus seios, na parte da frente e de trás das minhas pernas, nas minhas coxas, nas minhas panturrilhas — se isso era amor. Não saberia dizer se querer que eu ficasse seca quando estava molhada, se querer que eu fosse alimentada quando tivesse fome — se isso era amor. Eu ainda não havia tido amor, ele não estava na minha coluna de ganhos, portanto não poderia estar na minha coluna de perdas. A chuva caía e já não a ouvíamos, só escutávamos sua ausência, meus dias cheios de silêncio mas abarrotados de palavras, minhas noites cheias de suspiros, suaves e altos de agonia e prazer. Eu dizia o nome dele, Jack, às vezes como um epíteto, às vezes como uma prece. Nunca ficávamos sozinhos juntos, nós três; ela o via em um quarto, eu o via em outro. Ele nunca falava comigo, nem mesmo em silêncio.

Ele se comportava de um jeito que conhecia bem, eu seguia minha sensação, eu agia por instinto. A sensação que eu tinha, o instinto que guiava meus atos, eram novidades para mim. Ela nos ouvia. Ela nunca deixou que eu soubesse, que nos ouvia. Ela queria um filho, queria filhos; eu a escutava dizer isso. Eu não era uma criança, já não podia ser uma criança; ela me escutava dizer isso. Mais uma vez ela queria uma coisa de mim, queria o filho que eu tivesse; eu não deixava que soubesse que eu tinha escutado, e essa imagem que ela tinha, de uma criança dentro de mim, depois nos braços dela, pairava no ar como um fantasma, algo que só os especiais conseguiriam ver. Não era para qualquer olho, era para os meus olhos, mas eu nunca o veria, e ele iria embora e voltaria, esse fantasma meu com uma criança dentro. Eu rejeitava isso; meus ouvidos não escutavam; meu coração não batia. Ela estava costurando para mim uma roupa com lindos tecidos antigos que guardara de vários momentos da vida, as épocas felizes, as épocas tristes. Era um manto feito de lembranças; que vontade ela tinha de me entrelaçar às suas costuras, suas muitas costuras. Que esforço ela fez; mas a cada estalo do dedal batendo no alfinete eu conseguia escapar. A frustração dela e a minha satisfação eram palpáveis, cada uma a seu modo.

 Voltar a ser uma colegial era impossível, só que não percebi isso de imediato. O clima continuou o mesmo, o tempo mudou. Monsieur partiu. Fiquei um tempo sem vê-lo no quarto do dinheiro. Em cada canto e no chão havia pequenas montanhas de moedas inglesas; em uma mesa ele empilhara moedas em cima de mais moedas, xelins, florins. Tinha tantas moedas pelo quarto inteiro, em montes, que quando a luz estava acesa elas faziam o ambiente reluzir. À noite eu acordava e o via contando o dinheiro, sem parar, como se não soubesse quanto tinha de fato, ou como se contar fosse fazer diferença. Nunca me ofereceu nada, ele sabia que eu não queria, eu sabia que não queria nada daquilo. O quarto não era nem quente nem frio nem sufocante, mas tampouco era ideal; eu não queria passar o resto da vida nele. Não queria passar o resto da vida com a pessoa que era dona de um quarto como aquele. Quando ele não estava em casa, eu passava minhas noites no meu quarto com chão de terra perto da cozinha. Meus dias eram passados na escola. Essa educação que eu recebia nunca me proporcionou a satisfação que haviam me dito que proporcionaria; só me enchia de perguntas que não eram respondidas, só me enchia de raiva. Eu não tinha como gostar do que ela causaria: uma humilhação tão permanente que substituiria sua própria pele. E seu próprio nome, fosse ele qual fosse, mais dia menos dia não seria a via de acesso para quem você era de verdade, e você nem sequer poderia dizer a si mesma, "Meu nome é Xuela Claudette Desvarieux". Esse era o nome da minha mãe, mas não posso dizer que era um nome verdadeiro, pois em uma vida como a dela, assim como na minha, o que é um nome verdadeiro? Meu nome é o nome dela, Xuela Claudette, e em vez de Desvarieux é Richardson, o sobrenome do meu pai; mas quem são essas pessoas, Claudette, Desvarieux e Richardson? Examinar essa questão, olhar para ela, só poderia encher a pessoa de desespero; a humilhação só poderia deixá-la intoxicada de desprezo por si mesma. Pois o nome de uma pessoa é ao mesmo tempo sua história recapitulada e resumida, e ao declará-lo a pessoa se eleva ou se rebaixa, e a pessoa que o ouve eleva ou rebaixa aquela que o declarou.

Minha mãe fora deixada no portão de um convento quando tinha talvez um dia de vida por uma mulher que acreditavam ser sua mãe; estava embrulhada em retalhos de pano velho e limpo, e o nome Xuela estava escrito nesses retalhos; estava escrito em uma tinta de cor anil, uma tinta extraída de uma planta. Não a encontraram porque estava chorando; mesmo quando recém-nascida, ela não chamava atenção para si. Foi encontrada por uma mulher, uma freira que estava indo provocar mais estragos na vida dos remanescentes de um povo que estava desaparecendo; o nome dela era Claudette Desvarieux. Batizou minha mãe com o próprio nome, deu à minha mãe seu próprio nome; como o nome Xuela sobreviveu, não sei, mas meu pai o deu a mim quando ela morreu, logo depois que nasci. Ele a amara; não sei o quanto da pessoa que ele era então, sensível e afetuosa, sobreviveu dentro dele.

Esse momento da minha vida foi um idílio: a paz e alegria da juventude inocente durante o dia, passado em uma sala espaçosa com outras garotas do meu sexo, todas elas frutos de uniões legítimas, pois a escola fundada pelos seguidores missionários de John Wesley não aceitava crianças nascidas fora do matrimônio, o que, além de tudo o mais, mantinha a escola bem pequena, porque a maioria das crianças nascia fora do matrimônio. Eu era rodeada todos os dias pelos ora derrotados, ora amargos, murmúrios tediosos das vozes dessas meninas; seus corpos, já uma fonte de angústia e vergonha, eram cobertos por sacos azuis de algodão áspero, um uniforme. E havia também minhas noites de silêncio e suspiros — tudo um idílio, e seu fim eu podia ver mesmo naquela época. Não sabia como ou quando esse fim chegaria, mas podia vê-lo ainda assim, e a ideia não me enchia de pavor.

Um dia passei muito mal. Estava de barriga, mas não sabia. Não tinha experiência com os sintomas desse estado, então não soube logo o que estava me acontecendo. Foi Lise quem me disse qual era o meu problema. Eu havia acabado de vomitar tudo que tinha comido na vida e a sensação era de que ia morrer, então chamei seu nome. "Lise", falei, não Madame LaBatte; ela me pôs deitada em sua cama; estava deitada ao meu lado, me segurando nos braços. Disse que eu estava "de barriga"; disse isso em inglês. Sua voz tinha ternura e empatia, e repetiu várias vezes que eu teria um filho, e então soou um tanto feliz, alisando o cabelo na minha cabeça, acarinhando minha bochecha com as costas da mão, como se eu também fosse um bebê, num estado de irritação com o qual eu não saberia lidar, e seu toque fosse me acalmar. Suas palavras, no entanto, me causaram horror. A princípio não acreditei, e depois acreditei completamente e logo senti que se havia uma criança dentro de mim eu poderia expulsá-la pela simples força da minha vontade. Quis que saísse de mim. Dia após dia eu fiz isso, mas ela não saía. Do fundo do sovaco de Lise eu sentia o aroma de um perfume. Era feito do suco de uma flor, esse cheiro dominava o ambiente, enchia minhas narinas, descia até o meu estômago e saía pela minha boca em ondas de vômito; seu gosto aos poucos me estrangulando. Eu achava que ia morrer, e talvez porque já não tivesse mais futuro passei a querer muito ter um. Mas o que ele seria para mim eu não sabia, pois eu estava em um buraco negro. A alternativa era outro buraco negro, esse outro buraco negro eu ainda não conhecia; escolhi o que não conhecia.

Um dia estava sozinha, ainda deitada na cama de Lise; ela havia me deixado só. Me levantei e entrei no quarto do dinheiro de Monsieur LaBatte, e indo até um pequeno saco que só tinha xelins peguei um punhado dessas moedas. Andei até a casa de uma mulher que hoje está morta, e quando ela abriu a porta botei o punhado de xelins em suas mãos e olhei para o seu rosto. Não falei nada. Eu não sabia seu nome verdadeiro, era chamada de "Sange-Sange", mas esse não era o seu nome. Ela me deu um copo cheio de um xarope preto e grosso para beber e depois me levou até um pequeno buraco num chão de terra para que eu me deitasse. Passei quatro dias ali, meu corpo um vulcão de dor; nada aconteceu, e por quatro dias depois daquilo o sangue escorreu por entre minhas pernas lenta e continuamente como uma fonte infinita. E então cessou. A dor não se parecia com nada que eu já tivesse imaginado, era como se fosse a própria definição de dor; todas as outras dores eram apenas uma referência a ela, uma imitação dela, uma aspiração a ela. Eu me tornei uma nova pessoa então, soube de coisas que não sabia antes, soube de coisas que só pode saber quem já passou pelo que eu tinha acabado de passar. Eu tinha segurado minha vida nas minhas próprias mãos.

Na estrada entre Roseau e Potter's Ville, fui seguida por uma enorme cutia cujos movimentos não eram ameaçadores. Ela parava quando eu parava, olhava para trás quando eu olhava para trás para ver o que ela estava fazendo — não sei o que ela via atrás de si —, andava quando eu andava. Em Goodwill, parei para beber água e a cutia parou mas não bebeu água. Em Massacre, toda a igreja de São Paulo e Sant'Ana estava envolta em panos roxos e pretos como se fosse Sexta-feira da Paixão. Foi em Massacre que o índio Warner, filho bastardo de uma caraíba com um europeu, foi assassinado pelo meio-irmão, um inglês chamado Philip Warner, pois Philip Warner não gostava de ter um parente tão próximo filho de uma caraíba. Passei por Mahaut rastejando, pois tive medo de ser reconhecida. Não precisei atravessar a nado a foz do rio Belfast: a maré estava baixa. Pouco antes de chegar a St. Joseph, em Layou, rodopiei três vezes e gritei meu nome e fiz a cutia adormecer atrás de mim. Nunca mais a vi. Chovia em Merot, chovia em Coulibistri, chovia em Colihaut.

Não consegui ver o alto do Morne Diablotin; nunca o tinha visto, de qualquer modo, nem mesmo quando estava desperta. Em Portsmouth, encontrei pão ao pé de uma árvore cujo fruto era uma noz não comestível e cuja madeira é usada para fazer lindos móveis. Passei pelas águas negras da passagem de Guadalupe; não fiquei tentada a ser engolida por elas. Passei por La Haut, passei por Thibaud, passei por Marigot — em algum lugar entre Marigot e Castle Bruce vivia o povo da minha mãe, em uma reserva, como se em homenagem a alguma coisa que ninguém era capaz de mencionar. Em Petit Soufrière a estrada deixava de existir. Passei pelas águas negras do canal de Martinica; não fiquei tentada a ser engolida por elas. Chovia entre Soufrière e Roseau. Pensei ter ouvido pequenos estrondos brotando das profundezas do Morne Trois Pitons, pensei ter sentido o cheiro da fumaça de enxofre subindo do Boiling Lake. E foi assim que reivindiquei meu direito de nascença, Leste e Oeste, Acima e Abaixo, Água e Terra: em um sonho. Caminhei pela minha herança, uma ilha de vilarejos e rios e montanhas e pessoas que começava e terminava em assassinato e roubo e não muito amor. Eu a reivindiquei em um sonho. Exaurida pela agonia de expulsar do corpo uma criança que seria incapaz de amar e não desejava, sonhei com tudo que era meu.

Foi o cheiro do meu pai que me despertou. Haviam-no mandado prender homens suspeitos de contrabandear rum e eles lhe atiraram pedras, e quando ele caiu no chão foi golpeado com uma faca. Agora estava de pé à minha frente, e sua ferida ainda era recente; era no braço, a camisa a escondia, mas ele cheirava a iodo e violeta de genciana e ácido carbólico. O cheiro parecia ordeiro e razoável; eu o associei a uma salinha e prateleiras onde havia pequenos frascos marrons e bandagens e utensílios de esmalte branco. O cheiro me lembrava um médico. Eu já tinha estado na casa de um médico: meu pai me pedira para entregar um envelope dentro do qual havia um papel onde escrevera um recado. No envelope estava escrito o nome do médico: Bailey. O cheiro que ele exalava agora me lembrava da salinha do médico. Meu pai estava de pé e me olhava de cima. Seus olhos estavam cinza. Ele não era digno de confiança, mas era preciso conhecê-lo por um tempo para perceber isso. Não parecia sentir aversão a mim. Eu não sabia se ele sabia o que havia acontecido comigo. Fora informado de que eu havia sumido, me procurara, me encontrara, queria me levar de volta à sua casa em Mahaut, e quando eu me recuperasse poderia voltar a morar em Roseau. (Ele não disse com quem.) Na cabeça dele, ele acreditava me amar, tinha certeza de que me amava; todos os seus atos eram uma manifestação disso. No rosto dele, entretanto, havia aquela máscara; era a mesma máscara que usava para roubar tudo o que havia restado a um desventurado que já tinha perdido tanto. Era a mesma máscara que usava quando levava um acontecimento, independente da verdade, a um fim que o beneficiasse. E mesmo agora, de pé à minha frente, ele não usava roupas de pai: usava o uniforme de carcereiro, estava com roupa de policial. E essa roupa, essa roupa de policial, passou a defini-lo: era como se, com o tempo, tivesse brotado de seu corpo, uma outra pele, pois muito depois de parar de usá-la, quando já não era necessário que a usasse, ele ainda parecia estar com roupa de policial. Suas outras roupas eram roupas de verdade; as roupas de policial tinham virado sua pele.

    Eu estava deitada numa cama feita de trapos em uma casa que tinha só a terra como chão. Não havia nenhum indício genuíno do meu suplício. Não cheirava a morte, pois para que algo morra, a vida teria que vir antes. Eu tinha feito a vida que estava apenas começando em mim não morrer, apenas não existir. Havia dor entre minhas pernas; começava no baixo ventre e na lombar e saía pelas minhas pernas, essa dor. Estava molhada entre as pernas; eu podia sentir o cheiro de molhado: era sangue, novo e velho. O sangue novo cheirava como um mineral recém-desenterrado que ainda não tivesse sido refinado e transformado em algo mundano, algo a que se pudesse atribuir algum valor. O sangue velho emanava um cheiro podre adocicado, e esse eu adorava e inspirava com força quando predominava sobre os outros odores do quarto; talvez só o adorasse por ser meu. Meu pai não sentia aversão a mim, mas eu não conseguia ver mais nada que estivesse escrito em seu rosto. Ele estava de pé à minha frente, me olhando de cima. Seu rosto ficou redondo e grande, enchendo o cômodo inteiro, de uma ponta a outra: seu rosto era como um mapa do mundo, como se tivessem tirado um globo do canto escuro de uma sala de estar (ele tinha essas coisas: um globo, uma sala de estar) e sua costura principal tivesse sido rasgada e o globo tivesse sido exposto aberto, plano. As bochechas eram dois continentes separados por dois mares que se juntavam a um oceano (seu nariz); os olhos cinza eram vulcões insondáveis e adormecidos; entre o nariz e a boca ficava o equador; as orelhas eram os horizontes, e ultrapassá-los era cair na escuridão densa do nada; a testa era uma cadeia de montanhas conhecidas por serem traiçoeiras; o queixo era a região das estepes e desertos. Cada área tinha a coloração adequada: o continente era uma coleção de amarelos-claros e azuis e malvas e rosas, com linhas finas vermelhas correndo em todas as direções como se para confundir; as águas azuis, as montanhas verdes, os desertos e estepes marrons. Eu não conhecia esse mundo, só tinha conhecido alguns de seus habitantes. A maioria não era o que você gostaria que fosse.

Morrer então não era algo que eu desejasse, e eu era jovem o bastante para acreditar que era uma escolha, e era jovem o bastante para que fosse. Não morri, não quis morrer. Disse ao meu pai que assim que eu pudesse voltaria à casa de Madame e Monsieur LaBatte. Meu pai tinha as costas largas. Eram rígidas, eram fortes; pareciam uma enorme massa de terra brotando de repente do que antes fora plano; em torno, debaixo, por cima dela eu não poderia passar. Tinha visto as costas dele tantas vezes, tantas vezes elas estiveram viradas para mim, que já não era capaz de me surpreender ao vê-las, mas elas nunca deixavam de me provocar uma sensação de curiosidade: eu voltaria a ver seu rosto ou era a última vez que o via?

Lise estava esperando por mim nos degraus da varanda. Não sabia quando eu voltaria, ou se voltaria, mas tinha me esperado, *estava* me esperando. Usava um vestido preto novo com um pedaço de tecido velho amassado preso com um alfinete acima do seio esquerdo. O tecido era vermelho, um vermelho antigo que só havia se tornado mais escuro com o tempo. Ela disse, "Minha querida", só isso, "Minha querida", e passou os braços ao meu redor e me puxou para perto. Eu não conseguia senti-la; mesmo que me apertasse contra seu corpo, eu não conseguia senti-la. Ela se afastou de mim, podia ouvir os passos do marido percorrendo a trilha. Ele estava usando suas galochas, pude perceber. Eu conhecia o som de seus passos quando estava com galochas. Ao me ver, ele não disse nada sobre eu ter ido embora; eu sabia que se ele tivesse reparado não me diria, de qualquer modo. Eu não me importava, eu estava curiosa. Ficamos ali de pé, nós três, em um pequeno triângulo, uma trindade, não feita no céu, não feita no inferno, uma trindade sem palavras. E no entanto, naquele momento, um de nós estava entre os derrotados, um de nós estava entre os resignados e um de nós tinha mudado para sempre. Eu não estava entre os derrotados; não estava entre os resignados. Havia um pé de mamona crescendo, livre do cuidado de mãos humanas, não muito longe de nós, e o fitei com um olhar duro, pois queria me lembrar de colher suas sementes quando amadurecessem, extrair o óleo delas e bebê-lo para limpar minhas entranhas.

Meu coração não ficou impassível ao ver Lise assombrando o espaço que havia entre a casa em que ela vivia e a cabana que eu ocupava. Ela varria o chão à noite, no escuro quando chovia; plantou arbustos que davam flores brancas, depois os arrancou e pôs no lugar uns lírios que dariam flores da cor da parte de dentro das laranjas. Quanto tempo levaria para que as flores de cor laranja aparecessem ela não sabia, mas tinha absoluta certeza de que me agradariam. Ela usava o vestido preto com a flor vermelha esfarrapada sobre o peito dia após dia. Estava de luto. Seus olhos eram negros e reluzentes de lágrimas; as lágrimas estavam presas, nunca se derramavam. Seus braços se estendiam na minha direção — eu nunca ficava muito perto dela — e então para o céu azul aberto, como se estivesse se afogando, a boca aberta sem emitir som algum, porém ainda assim eu a ouvia dizer, "Me salve, me salve"; mas mesmo que ela não soubesse, eu sabia que não era a si mesma que ela desejava salvar: era a mim que desejava devorar. Não fiquei impassível ao vê-la, era uma figura triste para mim; mas eu não era um anjo, nada em mim estava quebrado.

Eu ouvia o estrondo do trovão, o rugir da água caindo de grandes alturas em grandes poças e a grande poça seguindo devagar seu caminho rumo ao mar; ouvia as nuvens se esvaziando da umidade como se por acidente, como se alguém tropeçasse em um cálice na escuridão e seu conteúdo pousasse em uma terra indiferente; e ouvia o silêncio e ouvia a noite escura o engolindo, e ele sendo engolido pela luz de mais um dia.

Meu pai escreveu aos meus anfitriões para saber da minha saúde; ele não sabia o que tinha acontecido comigo e pediu que desculpassem a falta de modos que eu havia demonstrado quando desapareci sem contar meu paradeiro e fui viver sozinha em uma região de Roseau que era perigosa e insalubre, quase causando minha própria morte. Ele me mandou lembranças por meio deles. Me enviou cinco guinéus. Lise me deu os cinco guinéus e me mostrou a carta. A letra dele era uma coisa linda de se ver. Cobria a folha com curvas firmes e travessões firmes e barras firmes. Não consegui lê-la; não consegui me forçar a distinguir cada palavra e juntá-las em frases. Só via que sua letra cobria a folha de alto a baixo. O envelope tinha o carimbo postal de Dublanc, uma cidadezinha na paróquia de St. Peter, a muitos, muitos quilômetros de

Roseau; ainda assim, senti como se soubesse das pequenas desgraças que tinha criado e deixado ali em seu encalço.

Os dias seguiam-se às noites com uma regularidade irremediável, o dia devorando a noite devorando o dia devorando a noite com tamanha obsessão que me fascinaria se eu fosse capaz de me sentir fascinada. Queria que o tempo passasse de uma só vez, como um piscar de olhos; queria olhar e de repente me pegar assistindo aos acontecimentos do meu passado recente em um horizonte do qual me afastasse rapidamente. Quando isso não aconteceu, não enlouqueci, não me cansei. Deixei a casa dos LaBatte no momento mais escuro da noite. Não foi por causa da proteção da escuridão. Não queria que a imagem real de Lise me vendo abandoná-la me assombrasse pelo resto da vida; eu já podia imaginá-la bem o suficiente. Passei pelo vilarejo de Loubière e aluguei uma casa pela qual pagava seis centavos por semana. Tinha quatro vestidos, dois pares de sapatos, um belo chapéu de palha e os cinco guinéus que meu pai me dera; não era nada. Estavam abrindo uma estrada entre Loubière e Giraudel. Comecei a trabalhar peneirando areia para a construção. Ganhava oito centavos por dia de trabalho, e cada dia de trabalho constituía dez horas; ao final de uma quinzena, recebia em um pequeno envelope pardo meu pagamento de sete xelins e quatro centavos.

Nessa casa, pela qual pagava seis centavos por semana, eu passava todo o tempo que não estava trabalhando. Comprei uma cama, um colchão de fibra de coco, de uma mulher que morava no centro do vilarejo. Não era novo; não era possível saber se só ela havia dormido nele, mas eu não tinha medo de assumir as provações de todos os que haviam estado ali. Minha vida era muito mais que vazia. Nunca tinha tido mãe, tinha acabado de me recusar a virar uma, e sabia que essa recusa seria total. Nunca me tornaria mãe, o que não era a mesma coisa que nunca gerar bebês. Eu geraria bebês, mas jamais seria mãe deles. Eu os geraria em abundância; eles emergiriam da minha cabeça, das minhas axilas, por entre minhas pernas; eu geraria bebês, eles penderiam de mim como frutos de uma videira, mas eu os destruiria com a indiferença de um deus. Geraria bebês pela manhã, eu os banharia ao meio-dia em uma água que viria de mim mesma, e os comeria à noite, engolindo-os por inteiro, de uma só vez. Eles viveriam e então não viveriam mais. No dia de vida que teriam, eu os levaria até a beira de um precipício. Não os empurraria; não seria necessário; as vozes doces de prazeres incomuns os chamariam lá do fundo; eles só descansariam quando se unissem a esses sons. Eu cobriria seus corpos de doenças, enfeitaria suas peles com chagas de crostas finas, as feridas porejando um pus grosso pelo qual ficariam sedentos, uma sede que nunca poderia ser saciada. Eu os condenaria a viver em um espaço vazio, imobilizados na mesma posição em que tinham nascido. Eu os jogaria de uma altura enorme; todos os ossos de seus corpos se quebrariam e os ossos jamais se fixariam direito, se recompondo do jeito que foram quebrados, não se recuperando nunca. Eu os adornaria quando fossem apenas cadáveres e poria cada cadáver em uma caixa de madeira lustrada, e botaria a caixa de madeira lustrada na terra e esqueceria em que parte da terra havia enterrado a caixa. Foi assim que não me tornei mãe; foi assim que gerei meus filhos.

Naquela casa cujas aberturas eram uma porta e três janelas, as muitas frestas nas laterais onde as tábuas de madeira não se encontravam, os buracos no teto feito dos galhos de um coqueiro, eu me sentava, levantava, me deitava à noite, e assim selava o destino dos bebês que nunca teria. Eu dormia; o sol surgia; eu ia trabalhar; a noite caía. Todas as manhãs eu torrava grãos de café, moía em um pó grosso e preparava uma bebida que era densa e preta e de sabor tão pungente que fazia com que minhas papilas gustativas se sentissem não inteiras, mas como se tivessem sido esfoladas e espalhadas por várias partes da minha atmosfera.

Eu ainda não sabia o quanto cada indivíduo é vulnerável às pequenas erupções que se estabelecem dentro do seu coração. Comprei de sua esposa as roupas de um homem que tinha acabado de falecer: as ceroulas velhas de nanquim, o par de calças cáqui velhas, a camisa velha feita de algum tipo de algodão. Paguei quatro centavos por tudo, além de um punhado de bananas e algumas raízes. Eram essas roupas, as roupas de um homem morto, que eu usava para trabalhar todo dia. Cortei minhas duas tranças; elas caíram aos meus pés parecendo duas serpentes decapitadas. Eu enrolava minha cabeça quase sem cabelo em um pedaço de pano velho. Não parecia um homem, não parecia uma mulher. Pela manhã, eu sempre preparava a comida que comeria ao meio-dia; eu a embrulhava em folhas de figueira, embrulhava outra vez em uma mochila feita com um pedaço desgastado de madras e levava comigo para o trabalho. Todo dia eu carregava baldes cheios de areia preta, ou cheios de lama, ou cheios de pedrinhas; todo dia eu cavava buracos e enchia os buracos de água e tirava água de outros buracos. Não falava com ninguém, nem comigo mesma. Dentro de mim não havia nada; dentro de mim havia um jazigo feito de uma substância tão pesada que não tinha com o que compará-la; e dentro do jazigo havia uma dor de tamanha intensidade que a cada noite, deitada sozinha na minha casa, todas as minhas exalações eram lamentos longos, graves, como um furúnculo lancetado, com uma pequena linha de pus escorrendo aos poucos, não como uma barragem que tivesse explodido.

Passei a me conhecer, e isso me assustou. Para me livrar desse medo comecei a olhar o reflexo do meu rosto em qualquer superfície que encontrasse: uma poça parada à margem rasa de um rio se tornou meu espelho mais comum. Quando não conseguia ver meu rosto, sentia que havia endurecido; sentia que amar estava além da minha capacidade, que eu tinha adquirido tanto poder sobre minha capacidade de ser que poderia causar minha própria morte com uma calma completa. Sabia também que poderia causar a morte dos outros com essa mesma calma completa. Ver o meu rosto era o que me confortava. Comecei a me cultuar. Meus olhos pretos, em forma de meias-luas, me encantavam; meu nariz, metade achatado, metade não, como se feito meticulosamente dessa forma, eu achava tão lindo que o considerava um padrão que o nariz de gente de quem eu não gostava era incapaz de atingir. Eu adorava a minha boca: meus lábios eram cheios e largos, e quando abria a boca eu conseguia ingerir muito, prazer e dor, acordada ou adormecida. Era essa imagem de mim mesma — meus olhos, meu nariz, minha boca gravados em uma pele impecável, lisa, limpa que era o meu rosto — que eu desejava ver. Meu próprio rosto me confortava, meu próprio corpo me confortava, e não interessava o quanto me deslumbrasse com alguém ou alguma coisa, no fundo eu não deixava que nada substituísse meu próprio ser na minha mente.

Era desse jeito que eu vivia, sozinha e ainda assim com tudo e todos que eu tinha sido e conhecido, e seria e conheceria, descolada do meu presente — embora me descolar do meu presente fosse impossível. Um dia vi meu pai. Ele também me viu. Nossos olhares não se encontraram. Não trocamos palavras. Ele estava montado em um burro. Estava com o uniforme de carcereiro, o mesmo que sempre usava, camisa cáqui e calças cáqui, muito bem passadas; só que no ombro da camisa havia uma nova faixa verde e amarela. Isso queria dizer que ele tinha alcançado novos degraus de autoridade. Ele estava levando uma intimação para alguém; sua presença era sempre sinal de má sorte. Onde quer que ele estivesse, alguém estava prestes a ter menos do que tinha antes de meu pai aparecer.

Ele parecia muito ter nascido daquele jeito: ereto; as costas retas e rígidas, os lábios bem fechados, os olhos cristalinos como se nunca tivessem sido toldados por lágrimas, passos que nunca hesitavam; nem mesmo os animais que cavalgava tropeçavam. Não parecia ter sido um bebê algum dia e causado a preocupação de que fosse morrer no meio da noite de febre, de tosse, o fôlego abandonando seu corpo de repente para nunca mais voltar. Para ganhar poder se tornara ele, e à medida que ganhava mais poder, não ficava gordo ou desleixado; ficou elegante, bem-talhado. Era preciso olhar nos olhos dele para ver do que ele era feito, algo que o agradava imensamente; e ele não dizia o que era, era preciso olhar nos olhos dele. Seus olhos eram a primeira coisa que todo mundo queria ver; e quem o via pela primeira vez, quem não o conhecia, buscava seus olhos sem saber que queria vê-los.

Ele estava fazendo uma visita ao local onde eu trabalhava. Foi até onde eu estava sentada, tirando um breve descanso, e deixou um pacote ao meu lado. Não o abri na mesma hora, levei para casa e abri naquela noite. Seu presente era uma fruta ugli e três toranjas. Lembrei então que uma vez, quando eu era criança, ele me levara em um passeio, pois queria me mostrar a nova terra que tinha acabado de comprar, convenientemente vizinha a sua propriedade. Sem saber por quê, fiquei longe da minha herança, que era o que me estava sendo mostrado. Na terra nova ele tinha plantado muitos pés de toranja, e me mostrando todos eles com um gesto amplo com a mão — um gesto mais adequado a um homem mais rico que ele, um gesto de posse total — me contou que a toranja era natural das Índias Ocidentais, que em algum momento do século XVII ela havia sofrido uma mutação a partir da fruta ugli na ilha da Jamaica. Disse isso de um jeito que me fez pensar que ele queria que a toranja e ele mesmo virassem Um. Eu não sabia o que se passava na cabeça dele quando me contou essa história.

    Quando eu já estava vivendo dessa forma fazia muito tempo, nem homem, nem mulher, nem nada, não construindo, só vivendo do meu passado, peneirando-o, tentando esquecer algumas coisas sem nunca conseguir, tentando deixar a memória de outras mais fortes sem nunca conseguir, recebi uma carta do meu pai pedindo que eu voltasse para a casa dele em Mahaut. A carta foi entregue por um homem que eu nunca tinha visto, mas pela cabeça baixa podia ver que meu pai o conhecia muito bem. A carta era datada de dois dias antes; notei isso porque justo no dia anterior eu tinha visto meu pai, surgindo de seu jeito habitual como autoridade malquista, trazendo documentos que levariam ao aprisionamento de uns, ao empobrecimento permanente de outros; ele poderia ter me entregado a carta pessoalmente. Sua letra, assim como o restante dele, tinha sido dominada pelo protocolo. Lembro de ter visto as cartas que Lise e Jack recebiam quando eu morava com eles, e sua letra naquela época era mais arredondada, subia e descia pela folha de maneira irregular, o "Querido Jack e Madame LaBatte" bem grande, tomando a primeira linha inteira, o "Seu amigo" quase espremido no final da folha. Não era assim a caligrafia dessa carta em que me pedia para voltar à casa dele. As letras haviam sido feitas com uma pena muito dura e cara, a tinta era um preto denso, não aguado, a escrita era do tipo que se via em documentos oficiais. A folha era de um tom creme suave, as linhas finas e verdes. Só faltava o selo oficial do governo. Meu irmão estava muito doente, ele escreveu, e talvez morresse em breve; minha irmã havia desenvolvido uma personalidade azeda e fora mandada para a escola de Roseau, onde vivia com algumas freiras, embora não fôssemos católicos romanos; minha madrasta havia se distanciado dele. Ele escreveu isso: meu irmão, minha irmã, minha madrasta; mas eu substituí as palavras: seu filho, sua filha, sua esposa. Eram dele; não eram meus. Ele queria me dizer que éramos todos dele; foi nesse momento que senti que não queria ser de ninguém, que como a única pessoa que eu teria consentido que me tivesse não havia vivido para isso, eu não queria ser de ninguém; não queria que ninguém fosse meu.

Um arbusto silvestre estava florindo havia muitos dias. Enquanto lia a carta, eu olhava para ele. Suas inúmeras flores eram pequenas e de um rosa intenso, com gargantas fundas e compridas e pequenos lábios dilatados formando as pétalas. Uma abelha entrava e saía, entrava e saía, sem pressa, como se estivesse brincando, não trabalhando de fato. De repente me cansei da vida que estava levando; ela tinha cumprido seu objetivo. De repente senti que não queria mais usar as roupas de um homem morto. Tirei as roupas e pus fogo nelas. Tomei um banho. Quis atear fogo na casa em que havia morado todo esse tempo antes de ir embora, mas não queria chamar atenção para a minha ausência; não queria que ninguém reparasse que eu estivera ali e agora não estava mais.

Parti rumo à casa do meu pai no meio da noite. Não foi um plano; só fiquei pronta para ir naquele momento. Guardei tudo que tinha em uma trouxa pequena e a botei na cabeça. Não era muito pesada; não era muita coisa. Eu ainda tinha as mesmas coisas que tinha ao chegar, só que agora tinha mais dinheiro, e trabalhara muito duro por ele. Quando parti, a noite estava um breu, a lua estava no céu, mas eu não conseguia vê-la: uma nuvem densa formava um telhado falso entre nós. Estava sozinha. Meus pés conheciam a estrada como se eu a tivesse aberto. Pela manhã, passei por Roseau. Não parei. A filha do meu pai estava lá. Lise e Jack estavam lá. Não me despertavam nenhum interesse. Não me perguntei o que estariam fazendo naquele instante.

Foi antes de chegar a Massacre que passei por uma mulher não muito mais velha do que eu, mas que parecia ter o dobro da minha idade. Eu a reconheci; ela costumava ir à casa do meu pai para ajudar a esposa dele a lavar as roupas e varrer o pátio. Ela não lavava as minhas roupas; a esposa dele não queria, eu não permitia, eu queria fazer tudo que era meu sozinha. No momento em que a vi ali ela parecia uma mártir, mas do quê estou certa de que ela não fazia ideia. Andava com as mãos entrelaçadas na frente do corpo, apoiadas na barriga. A barriga estava inchada, mas não sei se de criança ou de doença. O vestido era velho e desbotado e precisava ser lavado. Os pés estavam descalços. O cabelo estava desgrenhado. A pele, que quando a conheci era de um negror fresco, como se aquele negror tivesse sido recém-criado, agora era opaca e cansada, e nada poderia reavivá-la. Passamos uma pela outra exatamente sob a copa de uma árvore velha; a terra havia sido arrancada de suas raízes por tantas chuvas que as raízes estavam impiedosamente expostas às intempéries: metade da árvore estava viva, metade estava morta. Nem aquela mulher nem a árvore se tornaram símbolos de nada para mim. Eu já tinha me dado conta de que preferia estar totalmente morta ou totalmente viva, mas nunca metade uma coisa e metade outra ao mesmo tempo.

Quando vi a casa do meu pai outra vez, chorei. Ela ficava no extremo do vilarejo de Mahaut para quem vinha de Roseau e seguia em direção a Belmont. Eu nunca havia reparado que era uma bela casa vista de fora, a estrutura de madeira pintada de amarelo com janelas de um marrom intenso. Os tons de marrom e amarelo não eram bonitos em si, mas ficavam lindos na casa. Ela ficava do outro lado da estrada em frente ao mar, o mar imenso, tão prateado, tão sem fim, tão azul, tão amplo, tão cinza, tão impiedoso, tão poderoso e irrefletido. Em comparação, a casa era tão delicada, tão vulnerável à força do mar que encarava, que não era absurdo pensar que vez ou outra as ondas poderiam atingi-la. Não era uma casa antiga; fora construída segundo as instruções do meu pai, mas já tinha envergado sob os muitos fardos de seus habitantes: o luto do meu pai pela perda da minha mãe; seu casamento com a atual esposa, que não amava por quem ela era, mas pelas relações e pela riqueza de sua família; o sofrimento que a esterilidade causara nela; a saúde ruim do filho; a rebeldia da filha caçula. Eu não conseguia ver nada de meu naquela casa; só conseguia ver os outros. Não era o meu lugar. Eu ainda não era de lugar nenhum.

A filha que meu pai teve com a esposa que não era minha mãe havia nascido no meio do dia, quando o sol estava a pino, e isso não era boa coisa. Era uma hora muito iluminada do dia para se nascer; nascer numa hora dessas só pode significar que a pessoa vai ser privada de todos os seus segredos, de sua capacidade de decidir os acontecimentos. Nenhum lugar poderia ser escurecido o bastante para protegê-la de uma brutalidade tão excessiva, tão voluptuosa: a vida em si. A hora em que o filho havia nascido não tinha importância nenhuma. Qualquer hora do dia em que um filho nasce é a hora certa. Quando seu filho nasceu, meu pai já não era mais apaixonado pela vida; não era mais apaixonado por nada. Só queria mais de tudo, e do tudo que queria, não queria usar nele mesmo. Não queria que as pessoas olhassem o casaco que vestia e soubessem que tinha muito mais no guarda-roupa de onde ele tinha vindo; queria que as coisas pudessem ser postas a seus pés, queria coisas de que poderia abrir mão, queria coisas que não tivessem utilidade real. Talvez fosse porque ele já tivesse exaurido a experiência da utilidade em sua vida, a experiência da necessidade, a ideia do desejo. Ele era um animal da neutralidade. Era capaz de absorver amor; era capaz de absorver ódio. Era capaz de seguir em frente. Suas paixões diziam respeito só a ele mesmo: não obedeciam à lei da razão, não obedeciam à lei da crença fervorosa, e no entanto ele poderia ser descrito como um sujeito razoável, como alguém de crenças fervorosas. Eu era igual a ele. Não era igual à minha mãe que estava morta. Eu era igual a ele. Ele estava vivo.

 Dentro da casa amarela de janelas marrons, o filho do meu pai jazia em uma cama de trapos limpos feita no chão. Eram trapos especiais: tinham sido perfumados com óleos extraídos de coisas vegetais e animais. Era para protegê-lo de espíritos malignos. Ele estava no chão para que os espíritos não pudessem pegá-lo por baixo. A mãe dele acreditava em obeah. O pai seguia a fé do povo que o havia subjugado. Ele não estava morto; não estava vivo. Que não estivesse nem um nem outro não era culpa dele: ser trazido ao mundo nunca é responsabilidade da pessoa, a decisão nunca é sua. Ele, especialmente, foi ideia de outra pessoa. Foi uma ideia da própria mãe para fazer o pai se esquecer da mulher que tinha amado antes. Fazer alguém esquecer outra pessoa é impossível. Pode-se esquecer um acontecimento, pode-se esquecer um objeto, mas ninguém pode se esquecer de outra pessoa.

 E então o filho do meu pai estava deitado, o corpo coberto de pequenas chagas, o corpo inteiro nem morto nem vivo. Diziam que ele tinha bouba; diziam que estava possuído por um espírito maligno que fazia brotar feridas em seu corpo. O pai acreditava que um remédio o curaria, a mãe acreditava que seria outro; eram suas crenças que estavam em conflito, não as curas. Meu pai orava para que ele ficasse bem, mas suas orações eram como um estímulo à doença: lesões pequenas aumentavam, a pele da canela esquerda aos poucos começava a desaparecer como se devorada por um ser invisível, revelando o osso, que depois também começou a desaparecer. A mãe chamou um especialista em obeah e uma especialista em obeah que eram naturais de Dominica, e depois mandou chamar uma mulher, vinda de Guadalupe; diziam que alguém que atravessasse o mar com a cura teria mais sucesso. A doença era indiferente a qualquer princípio: nenhuma ciência, nenhum deus de nenhum tipo pôde alterar seu curso, e depois que ele morreu, a mãe e o pai passaram a acreditar que a morte fora inevitável desde o início.

Ele morreu. Seu nome era Alfred: recebera o nome em homenagem a seu pai. Seu pai, meu pai, recebera esse nome em homenagem a Alfredo, o Grande, o rei inglês, um personagem que meu pai deveria desprezar, pois o conhecera não pela língua do poeta, que teria sido a língua da compaixão, mas pela língua do conquistador. Meu pai não era responsável pelo próprio nome, mas era responsável pelo nome do filho. O nome de seu filho era Alfred. Talvez meu pai imaginasse uma dinastia. Isso pareceria ridículo apenas para alguém excluído de sua essência, alguém como eu, alguém do sexo feminino; qualquer outra pessoa entenderia totalmente. Ele imaginara que continuaria vivo por meio da existência de outra pessoa. Meu pai nunca havia sofrido a indignidade de se deparar por acaso com o próprio reflexo em uma superfície brilhante e achá-lo tão irresistível a ponto de passar a acreditar que o reflexo era também sua alma. Ele achava o filho parecido com ele, e talvez fosse, embora eu nunca tivesse achado isso; ele achava o filho igual a ele, e talvez fosse mesmo, mas esse filho não viveu tempo suficiente para que eu chegasse a essa conclusão.

Meu irmão morreu. Na morte, tornou-se meu irmão. Quando estava vivo, eu não o conhecia. O cabelo era preto como o da mãe. Os olhos eram castanhos também como os dela. Ele era bondoso, era gentil, mas era a bondade e a gentileza dos fracos, não era por generosidade, não era por instinto. Ele tinha uma grande beleza, mas não provocava nos outros a vontade de tocá-lo, não porque causasse aversão, mas porque dava medo de lhe causar danos só de tocá-lo, como se ele fosse uma planta ou tivesse saído de uma fábula.

Meu pai o amava: ele era bom; herdaria muito; o trabalho sórdido de adquirir lhe seria desconhecido. Como preservaria a herança é um pensamento que ocorreria e seria uma irritação apenas para alguém como eu, a desenganada, e, antes disso, deserdada. O pai o amava; seus nomes eram iguais: Alfred. Esse menino morreu. Antes de morrer, de seu corpo veio um rio de pus. Assim que morreu, um enorme verme marrom saiu rastejando de sua perna esquerda; ficou deitado ali, acima do tornozelo, como se esperasse que um andarilho o encontrasse numa manhã. Logo secou e então parecia que toda a vida havia abandonado seu corpo há milhares de anos. Tornaram-se inseparáveis a partir de então, meu irmão e o verme que emergira de seu corpo no instante em que morrera. Meu pai não deixou de viver, tampouco perdeu o desejo de continuar vivendo, apenas passou a acreditar que havia algum sentido secreto nesse sofrimento todo e esperava que ele lhe fosse revelado.

Meu irmão morreu e o mar ficou manso, mas não do jeito normal; o vento não soprava, as folhas das árvores não se mexiam, a terra não tremeu, os rios não encheram, o céu estava naquele tom de azul eternamente enganoso — inocente, como se jamais pudesse mudar; tudo era o que era, assim como seria acontecesse o que acontecesse, mas o mundo havia mudado para o meu pai, e agora acredito que ele tenha se sentido pequeno outra vez, insignificante, impotente diante da vida que tomava um rumo indiferente a seus desejos. Um brilho de calma caiu sobre ele então, o brilho da calma que se vê em um santo, mas tenho certeza de que nenhum santo de verdade fica daquele jeito: só se vê isso em pinturas.

Meu irmão foi enterrado no cemitério da igreja Metodista de Roseau. A mãe dele guardou silêncio durante o luto; ela também tivera seus anseios. Giravam em torno do filho, da importância dele; sua força e suas conquistas teriam sido uma fonte de orgulho. Ele se parecia com ela: a beleza dele também era a beleza dela. Ela se via tão amarrada a ele que, quando ele morreu, ela teve a sensação de que também tinha morrido; não conseguiu tomar a iniciativa de morrer de fato; poderia ficar entre os vivos apenas de corpo, o espírito agora estava com o filho morto. Senti pena dela naquele momento, mas não o bastante para perdoar e esquecer que já tinha tentado me matar, e que sem dúvida sempre desejara minha morte e faria com que eu morresse se um dia conseguisse ficar viva o suficiente para levar a coisa a cabo. Hinos foram entoados, orações foram ofertadas; eram orações pedindo perdão e orações que declaravam a aceitação de acontecimentos decepcionantes. Mas esse é o destino dos derrotados: no final o que deveria ser, no final o outro desenlace, o desenlace do triunfo, teria sido uma tragédia, uma consequência bem mais devastadora do que a derrota vivenciada agora. Esse é o consolo dos derrotados.

Meu pai e a esposa e a filha dele, a garota que não era eu, a esposa que era a mãe dela, formaram um triângulo de dor, de acusação, de desconfiança, de vingança. Para o meu pai, nada daquilo tinha uma natureza pessoal, íntima. Ele não brigou com a esposa. Ela também era agora uma fonte de decepção. Eu era apenas um lembrete de decepção, por um lado; por outro, eu era do sangue de alguém que ele acreditava ter amado. Meu pai não era capaz de amar, mas se acreditava capaz, e isso deve bastar, porque talvez meio mundo seja assim. Ele acreditava que me amava, mas eu poderia lhe dizer o quanto isso era uma inverdade, poderia listar para ele o número de vezes em que ele havia me posto exatamente nas garras da morte; poderia listar o número de vezes que ele tinha deixado de ser um pai para mim, sua filha órfã de mãe, enquanto estava em seu caminho para se tornar um homem deste mundo. Ele amava, ele amava: amava a si mesmo. Talvez esse seja o jeito de todos os homens. Tendo perdido aquele pequeno receptáculo por meio do qual esperava se perpetuar, ele se tornou o próprio legado. Era seu próprio futuro. Quando morresse, o mundo deixaria de existir.

Para a filha dele, a que não era eu, minha presença era tão irritante que mesmo quando eu não estava na frente dela ela botava no rosto uma careta desfigurada que havia criado apenas para mim. Ela insistia que eu não era filha do meu pai, e que mesmo se fosse, eu era bastarda. A expressão de terror e espanto que se alternaram em seu rosto quando percebeu que eu aceitava bem essa caracterização me deu pena dela. Eu gostaria que, de uma forma ou de outra, ela se inspirasse em mim. Por que não sou valorizada? é a pergunta que ela queria fazer para o mundo, o mundo constituído da mãe e do pai; mas não podia fazer uma pergunta dessas, não podia nem começar a suspeitar que talvez a resposta existisse. A mãe não conseguia olhar para ela, pois que desperdício ela era, era a pessoa errada a continuar viva. O pai nunca tinha olhado para ela de verdade: vê-la depois de o filho morrer não era muito diferente de vê-la antes que tivesse morrido. A mãe agora sempre a recebia com silêncio. O pai continuava não falando com ela nunca.

Ela virou minha irmã quando logo depois de ser expulsa da escola descobriu que estava de barriga e eu a ajudei a se livrar dessa condição. Não foi difícil de fazer; eu me lembrava da minha experiência na íntegra. Como ela não queria que nada que dissesse respeito a esses acontecimentos fosse divulgado, eu a escondi no meu quarto atrás da cozinha, onde tinha voltado a morar. Eu ainda preparava minha comida. Fiz fortes poções com chá para ela. Quando o bebê dentro dela se recusou a sair, enfiei a mão no útero e o tirei à força. Ela sangrou por dias a fio. Seu corpo se encolhia e se dobrava de dor. Ela não morreu. Eu havia me tornado tão habilidosa em mandar na minha própria vida nesse aspecto particular que poderia conceder esse poder a qualquer mulher que o pedisse. Mas minha irmã não me pediu. Nunca virei a irmã *dela*; ela nunca me contou segredos, nunca me agradeceu; na verdade, o domínio que ela percebeu que eu tinha da minha vida só levou a mais desconfianças e mal-entendidos.

Ela foi expulsa da escola por ter uma relação clandestina com um homem; foi exatamente assim a descrição feita pela diretora em uma carta ao nosso pai: Elizabeth vem tendo uma relação clandestina com um jovem policial de St. Joseph. A carta estava na mesa daquele cômodo da casa do meu pai em que tudo parecia ter saído de uma imagem — um quadro, não uma fotografia, tão lustroso, tão verossímil, porém tão morto. Nada no mundo me faria resistir a lê-la. Dizia: Cher Monsieur et Chère Madame, e o resto estava em inglês. Minha irmã teve uma briga com ela mesma, pois a mãe não falou com ela e o pai nunca havia falado com ela. Negou tudo. Inventou uma história que me ofereceu meu primeiro vislumbre da vida infantil e do que uma criança de verdade diria e faria. Uma criança olha para o horizonte e acredita que o mundo é plano e que, quando se chega na beirada, você cai no nada. Essa crença é uma crença infantil. Não é uma explicação científica o que torna essa crença risível: é a falta de fé, a falta de complexidade. Ela acreditava com todas as forças que suas explicações eram de uma verdade cristalina: tinha pulado o muro do convento para dar uma caminhada porque o ambiente fechado lhe dava saudade de casa e ela sentia muita falta da vastidão da querida Mahaut; sempre que escapava dos muros do convento de madrugada, por uma estranha coincidência encontrava o mesmo homem, um tal de Claude Pacquet, um rapaz que esperava um dia se tornar bailio. Essa tolice só era risível se você vivesse em um universo vasto, tranquilo, em que a posição de sua família não pudesse ser questionada, em que sua própria posição não pudesse ser questionada. A mãe dela não riu. O pai não riu. Eu não ri.

Quando estava plenamente recuperada de ter expelido do seu corpo o bebê que não queria, a primeira coisa que ela fez foi cuspir no chão à minha frente depois de dizer palavras que achava que seriam uma grande ofensa a meus sentimentos. Mas mesmo ao nascer eu era mais velha que seus dezessete anos, portanto suas palavras não me causaram surpresa. Eu não esperava gratidão, mas a receberia de bom grado. Não esperava amizade; essa eu teria recebido com desconfiança. O espaço vazio na casinha amarela que sempre fora seu lar ela não conseguia ocupar. Ela se parecia muito com o pai, mais do que o irmão: a pele era igual à dele, uma mistura de povos — não raças, povos —, seu cabelo era vermelho e dourado e crespo, tinha a textura do pelo das costas de uma ovelha; os olhos eram cinza, como a lua quando vista contra o céu azul-marinho, e no entanto não era bonita; não era da sua natureza, a beleza. Era impetuosa; nascera com a sensação de que seu direito inato já falava por ela. Achava que eu era a pessoa que poderia tirá-lo dela. Eu não poderia. Eu não era homem.

O pai dela, meu pai, a essa altura já era um homem riquíssimo. Isso era incomum para um homem de sua posição, um nativo; isto é, um homem que por laços de sangue é associado ao povo africano. Sua riqueza era um espanto para outros povos que poderiam ser rotulados de nativos. Esses outros povos, os nativos, tinham se afundado em questões de justiça e injustiça, e haviam se apegado a reivindicações de herança ancestral, e às indignidades através das quais haviam chegado àquelas ilhas, como se elas tivessem importância, importância de verdade. Não para o meu pai. Ele tinha sua opinião sobre as coisas, sobre a história, sobre o tempo, como se tivesse vivido por muitas eras, e o que talvez tivesse percebido era que no curto prazo tudo importava e no longo prazo nada importava. Tudo acabaria em nada, em morte, como se você nunca tivesse existido, e não importava o quanto sua presença fosse gloriosa se em um momento qualquer ninguém se importasse a ponto de morrer por ela, a ponto de viver por ela, ela não tinha importância alguma. Tudo tinha importância, e no entanto nada tinha importância. Ele ficava cada vez mais rico. Não exibia a riqueza. Não usava ouro, não usava prata. Usava um belo terno branco de linho, muito bem ajustado para seu corpo — não era sua pele, mas poderia muito bem ser. Ficava magnífico: uma ave de rapina, um inseto vulnerável à ave de rapina, o dono da selva, o soberano do prado, um pequeno mamífero. Sua pele começava a se enrugar, as dobras eram minúsculas, os vincos tão pequeninos que só uma pessoa tão interessada quanto eu perceberia.

Minha irmã não percebia. A riqueza do pai não lhe parecia incomum. Ele deveria ser rico, ela deveria ser sua filha. Ela comprou um pente — eu não sabia de onde — que quando era aquecido e passado por seu cabelo crespo o deixava liso. Ele brilhava ao sol, em pilhas e mais pilhas, como uma espécie de riqueza. O pai dela era um homem magro. Nunca comia de um jeito que sugerisse que estava gostando. A cintura dela se alargou, os quadris ficaram ainda mais largos. Os seios eram grandes mas sem apelo sedutor; ficaram ainda maiores, mas não convidavam a carícias. Ah, o desconhecimento dela me causava tanta tristeza que por um dia inteiro eu chorei. Ela também era apaixonada por si mesma, mas a personalidade dela não merecia amor.

E um dia meu pai arrumou um automóvel. Não era um carro novo, já tinha sido de outra pessoa, mas não importava: ele tinha um carro. Nele, ele e a esposa e a filha seguiam para Roseau todo domingo para ir à igreja. Voltavam de carro e comiam uma refeição grande, às vezes sozinhos, às vezes com um sujeito com quem tinham feito amizade, um homem que era da Inglaterra. Eu não entrava no carro com eles para ir à igreja, eu não ia à igreja, e não comia com eles. Minha irmã havia ganhado uma bicicleta; era um luxo, não uma coisa comum. Depois dessa refeição de domingo, composta de carne preparada ao estilo inglês, assada, e uma coleção de iguarias, algumas doces, outras salgadas, chamadas de pudins, ela saía para passear de bicicleta. Passear por onde? Logo soube que era um passeio para estar na companhia do homem de St. Joseph. Era possível que a mãe e o pai também soubessem, mas não mencionavam esse fato, não falavam mais com ela, muito menos para lhe dar uma advertência. Por muitas tardes de domingo ela deu o passeio de bicicleta, e quando saía da casa dos pais era com a ideia de que todos eles concordavam: prazer de um tipo específico. Ela pedalava no ar agradável da tarde, o calor amainando à medida que o dia encurtava, a luz se abrandando à medida que o dia encurtava, todo o entusiasmo que começava com o longo bocejo da manhã diminuindo à medida que o dia encurtava. Mas o calor, a luz, a duração do dia não tinham importância para ela: ela ia se encontrar com o homem. A mãe dela e o meu pai sabiam disso, que ela ia se encontrar com o homem, que era esse o homem, aquele mesmo de St. Joseph, de que não gostavam. A essa altura tinham exaurido a capacidade de se opor: tinham se oposto à morte do filho, e a morte o atingira mesmo assim.

 Num domingo, já estava escuro quando ela voltava do encontro clandestino. Eles haviam se encontrado em um lugar entre Massacre e Roseau, tinham se beijado, ele estivera em cima dela, ambos meio vestidos, ela havia ofegado, ele havia gemido, ela lhe dissera que o amava, ele não dissera a mesma coisa para ela, mas ela não percebera; ele havia saído de dentro dela, ela ainda agarrada a ele. A forma como a satisfazia quando estava dentro dela, o corpo dele só aquela parte entre a cintura e os joelhos, indo para fora dela como se fosse para sempre e depois para dentro dela como se fosse para sempre, era tão glorioso para a minha irmã que ela imaginava que essa sensação fosse exclusiva de estar com ele; não sabia que poderia ter essa sensação com qualquer outra pessoa, inclusive com ela mesma. Estava apaixonada por ele, e o que isso significava? Era algo que eu esperava nunca saber, pois ela dava a impressão de ser a própria definição de tolice. Estava dobrando a curva de bicicleta, a curva fechada, a curva tão fechada que parecia fechada mesmo se você estivesse andando devagar, ao voltar de seu encontro com ele naquela tarde de domingo. Ela estava indo rápido demais e saiu da estrada, caindo do precipício na copa de algumas árvores e depois no alto de uns rochedos, pequenos resquícios de uma erupção vulcânica. Que estivesse viva depois foi considerado um milagre, o que era verdade, e uma bênção, mas sua sobrevivência parecia uma bênção só para aqueles que não eram capazes de imaginar e que por isso tinham fé no futuro.

Eu a vira na tarde de domingo antes que fosse encontrar seu destino e ela estava daquele jeito peculiar que as pessoas têm às vezes, que agora conheço mas não conhecia na época: aquele olhar que diz, Cada atitude que eu tomar agora é a atitude que decidirá meu fim. Havia brigado consigo mesma, embora achasse que tinha acabado de se desentender com a mãe, porém a mãe não estava lhe dando a mínima atenção. Usava um vestido branco feito de algodão; o pai insistia que ela usasse branco aos domingos, não por algum costume reconhecível por quem quer que fosse, mas só porque ele tinha um juízo da própria virtude, e era superior à virtude dos outros e reconhecível apenas por ele mesmo. Quando foi pegar a bicicleta, ela se deparou comigo, e me olhou de um jeito que se tornaria a expressão fixa de suas feições: os cantos dos lábios virados para cima; as íris dos olhos tensionadas até os cantos externos, deixando o objeto que mirava fora de foco. Uma amargura saía por suas narinas: não era o ar que inspirava, mas o ar que expirava. Não tinha compaixão ao me olhar, mas isso não importava, eu não precisava da compaixão dela. Quando a revi, estava deitada na cama do hospital de Roseau. Estava sozinha. O pai estivera lá antes de mim, a mãe estivera lá antes de mim, não estiveram lá ao mesmo tempo. Já fazia dez dias: ela havia caído do precipício dez dias antes. A estranheza da vida ainda não havia lhe ocorrido, a efemeridade de cada momento, cada dia, cada existência em si, ainda não havia lhe ocorrido; não creio que um dia tenha lhe ocorrido. Creio que no fim da vida estava infeliz, estava confusa — exatamente como estivera no começo. A vida, é claro, não é um mistério, todos os que nasceram conhecem bem demais seu curso inteiro; o mistério é um truque inventado para os amaldiçoadamente curiosos.

Ela estava deitada entre as cobertas ásperas da cama do hospital. A pele estava marrom pálida, como papel novo, o pigmento marrom intenso espalhado por cima. Não estava nem feliz nem triste em me ver. Não conseguia me enxergar com nitidez. Talvez eu lhe parecesse três ou uma centena de pessoas; parecendo eu três ou cem, ela continuava não gostando de mim. Mas ela nunca mais voltaria a gostar do mundo. Fui visitá-la por vontade própria. Não se esperava aquilo de mim; ninguém pedira que eu a visitasse. Quando me viu, ela virou o rosto; talvez fosse de repulsa, ou talvez sentisse vergonha.

Quando a vi deitada na cama do pequeno quarto onde havia outras seis camas mas nenhum outro paciente, um homem estava de pé a seu lado. Era o mesmo homem que às vezes ia almoçar com meu pai e a esposa do meu pai no domingo; era o mesmo homem com quem eu passaria a maior parte da minha vida, mas como eu poderia saber disso? Ela não ergueu os olhos para mim, não queria me ver; ele me olhou, mas naquele momento eu não tinha relevância para ele, e mais tarde ele não se lembraria de ter me visto naquele instante. Quando ela me olhou, me viu como se eu tivesse dez cópias, uma parcialmente sobreposta à outra, e nenhuma versão de mim completamente visível. Essa visão de mim lhe causou incerteza; ela desviou o rosto com raiva. Eu devia tê-la amado então, amado a ponto de sufocar a curiosidade que me veio quando a vi deitada ali: como ele era, ele que conseguira transformá-la nisso, numa semi-inválida cuja visão ficaria para sempre embaçada?

Meu pai aceitara o mundo como o encontrara e o sujeitara a seus caprichos, mesmo quando outros homens o sujeitaram aos caprichos deles no mundo como o encontraram. Ele nunca questionara esses mundos dentro de mundos, não que eu soubesse. Era um homem rico; havia homens mais ricos que ele, e homens mais ricos que estes. Todos teriam o mesmo fim, nada poderia salvá-los. Ele tinha vivido tempo suficiente para perder a fé nos próprios esforços, para perder a fé de que teriam algum valor no futuro, mas seu interesse pelos ganhos materiais deste mundo era como uma droga: ele era viciado, não conseguia parar. Sua herdeira, agora somente a filha da sua esposa — o filho estava morto, a esposa estava morta, eu havia me destituído de tal posto —, não tinha ligação com os sentimentos dele a respeito de como o mundo era formado, e talvez não compartilhasse dessas mesmas opiniões, de qualquer modo; ela só via na fortuna do pai uma forma de se libertar do fardo da vida cotidiana que via ao redor: uma vida de varrer o chão que pouco depois estaria sujo de novo; uma vida de preparar comidas que seriam apenas consumidas, com mais comida tendo que ser preparada de novo; de deixar limpas as roupas que só seriam usadas e ficariam sujas e precisariam ser lavadas de novo. E, no entanto, talvez meu pai tivesse razão em buscar o mundo, e minha irmã tivesse razão em aproveitá-lo, pois o contrário, a busca da morte, não é uma busca: a morte é a inevitabilidade de todas as inevitabilidades, a única certeza em todas as incertezas.

    E assim fui conhecer o homem que levara minha irmã ao fundo do precipício, deitada numa cama de hospital, uma semi-inválida pelo resto da vida. Ele nunca a visitara no hospital, talvez não soubesse do acidente. Ela acreditava que não; sem dúvida acreditava que não; os mensageiros não eram conhecidos dela; não eram dignos de confiança. Eu era a única pessoa que poderia dar o recado a ele, mas me suplicar tal coisa era muita humilhação, permitir que eu soubesse que ele havia negado o desejo dela seria insuportável. Fui vê-lo mesmo assim. Era um homem vaidoso, mas sua vaidade era do tipo comum: não vinha de alguma crença secreta, de um profundo autoconhecimento, vinha de algo que ele acreditava que os outros viam ao olhar para ele, algo no jeito como se portava, no modo intenso e cativante como fixava o olhar, um certo ritmo que tinha no modo de andar. Se eu pudesse me entregar a distrações, se pudesse tirar um tempo da minha vida para risadas, seria uma pessoa como ele que poderia providenciá-las.

    Ele tinha bigode, um mato denso, afiado, de pelos ásperos, que acariciava com os dedos da mão esquerda, fosse qual fosse a situação. Eu já tinha enfiado a gola do meu vestido pelo pescoço, meus braços nas mangas; estava afivelando o cinto quando lhe contei que minha irmã estava no hospital, que tinha sofrido um acidente e queria muito vê-lo. Ele não sabia que Elizabeth tinha uma irmã, e quando perguntei se saber disso teria mudado sua vida, ele mexeu no bigode e riu; era um som que só ele podia ouvir. Suas mãos eram incapazes de proporcionar prazer ou de sequer suscitar interesse; seus lábios eram largos e generosos, satisfaziam a si mesmos. Quando saí da cabeceira da cama da minha irmã para vê-lo, fui movida pela curiosidade, mas não era uma curiosidade intensa. No final das contas, eu queria ver se não era tarde demais para dissuadi-la de tornar permanente a presença desse sujeito ignóbil em sua vida; no fundo não me importava, e também no fundo isso não tinha a mínima importância.

	Eles se casaram, mas anos se passaram até que isso acontecesse: três, quatro, cinco, seis, então sete. Ela nunca mais ficou bem após o acidente. O corpo inteiro ficou tão marcado por cicatrizes que parecia um mapa em que as linhas foram desenhadas e redesenhadas, o resultado de batalhas cujas consequências nunca eram definitivas. Durante um tempo, ela chorou por dias e noites a fio. Depois parou e nunca mais voltou a chorar. Aguardou. Um dia, não havia se passado muito tempo de seus sete anos de espera, uma mulher foi à casa do meu pai e pediu para falar com minha irmã. Quando ela apareceu, a mulher enfiou um pequeno embrulho em seus braços e declarou que no embrulho havia uma criança; ela era a mãe e Pacquet era o pai. Em seguida, desapareceu. Minha irmã e eu cuidamos da criança, mas na realidade fui eu que cuidei, atendendo suas necessidades, pois se ela era incapaz de cuidar de si mesma, que dirá de uma criança pequena. A criança não vingou e após dois anos morreu de uma doença que diziam ser tosse comprida. A vida da criança passou despercebida, como se nunca tivesse acontecido. Meu pai proibiu que fosse enterrada no mesmo cemitério que seu filho, Alfred. Acabou sendo enterrada com uma pequena seita de cristãos, uma seita que meu pai não tinha em alta conta.

	Não fui convidada para o casamento. Não houve nada de incomum no dia em que se casaram. Chovia e parava, o céu tinha a cor do leite quando acaba de se derramar da vaca em um balde velho; nada servia de presságio de bem ou mal. Tudo era indiferente a essa união. Minha irmã usou um vestido de seda branco; veio de longe, veio da China, mas diziam que ela havia se casado de seda inglesa. Usou pérolas no pescoço; meu pai as dera à mãe dela, não sei onde ele as conseguira. Ela estava fora de si de tanta felicidade. Não era bonita. Ficara completamente desfigurada por conta do acidente: os olhos não conseguiam focar direito, uma perna era mais comprida que a outra e andava mancando. Não eram essas coisas que lhe tiravam a beleza, pois o caos interno que seu olhar desfocado causava poderia ter dado uma expressão de vulnerabilidade a seu rosto; a manqueira também poderia ter despertado compaixão. Mas não foi assim: ela se tornou mais arrogante, a voz adquiriu uma aspereza, o olhar se tornou duro, seu corpo se tornou mais largo e vagaroso; ela não era a fúria em si, era apenas uma mulher decepcionada com o amor quando ele vem de um homem.

Depois de se casarem, foram morar com os pais dela, uma situação que meu pai imediatamente, e com razão, considerou perigosa para mim. O marido não a amava, ela sabia disso. Tampouco me amava: disso ela não sabia. Eu o chamava de Monsieur Pacquet, e o objetivo dessa formalidade era demonstrar falta de interesse, para não mencionar uma falta de conhecimento, a respeito dele. Ele me chamava de Mademoiselle; poderia ter me chamado de senhorita, mas ele gostava de como a palavra passava por seus lábios, o floreio com que a dizia. Foi então que meu pai providenciou que eu fosse morar e trabalhar com o amigo dele em Roseau, esse amigo o mesmo médico que cuidara da minha irmã quando ela se acidentara e estivera no hospital.

O que faz o mundo girar?

Quem precisaria de resposta para essa pergunta?

Um homem orgulhoso do tom claro de sua pele o aprecia sobretudo por não ser a realização de um sonho, não ser fruto de nenhum esforço de sua parte: ele nasceu assim, foi abençoado e escolhido para ser desse jeito e isso lhe dá um privilégio especial na hierarquia de todas as coisas. Esse homem se senta sobre um planalto, não no nível do chão, e tudo o que vê — prados férteis, vastas planícies, montanhas altas com tesouros enterrados, mares turbulentos, oceanos serenos — tudo isso ele sabe com uma certeza ferrenha que deve lhe pertencer. O que faz o mundo girar é a pergunta que ele faz quando tudo o que vê está seguro em suas mãos, tão seguro que ele pode deixar de olhar de vez em quando, pode criticar, pode pedir que lhe seja tirado, pode amaldiçoar o momento em que foi concebido e o dia em que nasceu, pode ir dormir à noite e de manhã acordar e tudo o que vê continua seguro em suas mãos; e ele pode perguntar outra vez: o que faz o mundo girar, e então terá a resposta e ela irá para os livros, e existem inúmeras respostas, todas diferentes, e existem inúmeros homens, todos iguais.

E o que eu pergunto? Qual é a pergunta que posso fazer? Não sou dona de nada, não sou homem.

Pergunto, O que faz o mundo se voltar contra mim e contra todos de aparência como a minha? Não sou dona de nada, não procuro nada quando faço essa pergunta; o luxo de uma resposta que figurará nos livros não surge diante dos meus olhos. Quando faço essa pergunta, minha voz está tomada de desespero.

A semana tem sete dias, e por quê eu não sei. Se eu me visse necessitada dessas coisas, dias e semanas e meses e anos, não sei bem se os organizaria do jeito como são. Mas ainda assim, aqui estão eles.

Era domingo em Roseau; as ruas estavam perturbadoras, meio esvaziadas, sossegadas, limpas; a água no porto estava parada, como se estivesse dentro de uma garrafa, as casas sem as vozes briguentas de sempre, o céu estava num tom azul ao mesmo tempo impressionante e normal. A população de Roseau, isto é, os que se pareciam comigo, havia se reduzido a sombras fazia tempos; os sempre exóticos, as margens, há muito tempo tinham perdido qualquer conexão com a totalidade, com uma vida interior inventada por nós mesmos, e como era domingo alguns deles andavam em transe, não mais em seu perfeito juízo, rumo a uma igreja ou se afastando de uma igreja. Essa atividade — ir à igreja, voltar da igreja — era rodeada de um ar de decreto. Também significava mais uma derrota, pois qual teria sido o resultado de todas as vidas dos vencidos se eles não tivessem passado a crer nos deuses daqueles que os haviam conquistado? Eu estava passando por uma igreja. A igreja em si, uma bela e pequena estrutura, deveria imitar em sua simplicidade e desinteresse uma estrutura similar num vilarejo minúsculo em algum canto obscuro da Inglaterra. Mas essa igreja, típica de sua época e lugar sob todos os aspectos, fora construída, centímetro a centímetro, por pessoas escravizadas, e muitas das pessoas que eram escravas morreram enquanto construíam a igreja, e então seus senhores as enterraram de um jeito que, quando o dia do Juízo Final chegasse e todos os mortos se levantassem, os rostos escravizados não se voltariam para a luz eterna do paraíso mas para a escuridão eterna do inferno. Eles, os escravos, foram enterrados com os rostos virados para longe do leste. Mas será que os escravos tinham interesse em ver a luz eterna, para começo de conversa, e o que aconteceria se os escravos preferissem a escuridão eterna? O lamentável é que a resposta para essas perguntas já não tem serventia para ninguém.

    Então, de novo, o que faz o mundo girar? A maioria das pessoas dentro da igreja gostaria de saber. Estavam cantando um hino. As palavras eram: "Ó Jesus, eu prometi/ Servir ao Senhor até o fim:/ Fique sempre perto de mim,/ Meu Senhor e meu amigo". Quis bater à porta da igreja naquele momento. Quis dizer, Me deixem entrar, me deixem entrar. Quis dizer, Vou contar uma coisa para vocês: esse negócio de Senhor e amigo, isso é impossível; Senhor é uma coisa e amigo é outra coisa, uma coisa bem diferente; um senhor não pode ser amigo. E quem iria querer uma coisa dessas, senhor e amigo ao mesmo tempo? Um homem iria querer. Seria um homem que perguntaria, O que faz o mundo girar, e então encontraria na própria resposta campos de gravidade, linhas imaginárias, inclinações e eixos, razão e lógica, e, com muita insolência, uma teoria da justiça. E quando terminar, ele dirá, Sim, mas o que realmente faz o mundo girar?, e sua boca, cheia de desprezo por si mesmo, dirá: conspiração, trapaça, assassinato.

Esse homem não desconhece por completo as pessoas dentro da igreja, ou essas mesmas pessoas em suas pequenas casas. Seu nome é John ou William, ou algo assim; ele tem uma esposa, o nome dela é Jane ou Charlotte, ou algo assim; ele caça tarambolas, come os ovos delas. Tem uma vida simples, evita excessos porque quer; ou sua vida é uma complexa rede de eventos, rituais, cerimônias, porque assim o quer. Ele não desconhece as muitas pessoas sob seu domínio, esse homem; às vezes gosta da situação em que estão e seria até capaz de morrer para que continue assim; às vezes não gosta da situação em que estão e seria até capaz de morrer para tirá-las dela. Não as desconhece, não as desconhece completamente. Elas semeiam o campo, colhem a safra; ele calcula com seu olhar aguçado os frutos do trabalho delas, amarrados em fardos, alojados nas docas à espera do embarque. Esse homem tem lucro, às vezes maior do que esperava, às vezes menor do que esperava. É com esse lucro que a realidade que essas muitas pessoas representam é mantida em segredo. Pois esse homem que diz "Meu Senhor e meu amigo" constrói uma casa grande, aquece os cômodos, se senta em uma poltrona feita de um tecido muito caro porque sua origem é remota, obscura e outra vez envolve o trabalho forçado, a mutilação, a morte prematura de muitos anônimos; sentado nessa poltrona, ele olha pela janela; a testa, o nariz, os lábios finos pressionados contra o vidro; é inverno (coisa que jamais verei, um clima que jamais conhecerei, e como não o conheço e ele não tem nada que seja belo para mim, o encaro com desconfiança; desprezo as pessoas familiarizadas com ele, mas eu, Xuela, não tenho condições de fazer mais que isso). A grama está viva mas não cresce ativamente (dormente), as árvores estão vivas mas não crescem ativamente (dormentes); a sebe, com sua forma excessivamente aparada, um pequeno monumento ao sofrimento, separa os dois campos; o sol brilha, mas a luz é pálida e fraca como se fizesse um grande esforço. Ele não está olhando para um cemitério; está olhando para uma pequena parte de tudo o que possui, e os montinhos irregulares, parecidos com túmulos, causados pelo primeiro endurecimento da terra, depois amolecendo depois endurecendo de novo, já contendo seus ancestrais e seus feitos, têm bastante espaço para ele e tudo o que fará e para todos que vierem dele e tudo o que farão. A testa, o nariz, os lábios finos estão pressionados com força contra a janela; na cabeça dele, a terra inerte se torna o mar azul, o oceano cinza, e no mar azul e no oceano cinza há navios, e os navios estão cheios de gente, e os navios cheios de gente afundam no mar azul e no oceano cinza repetidas vezes. O mar azul e o oceano cinza também são uma pequena parte de tudo o que possui, e eles, com suas superfícies lisas e tranquilas, são um símbolo de pactos feitos, promessas invioláveis, mas ainda assim os montinhos irregulares, que parecem túmulos, surgem, pequena ondulação engolindo pequena ondulação, escondendo uma profundeza cuja medida pode ser aferida mas cujo conhecimento não é capaz de superar o medo. Ele conhece muito bem a imparcialidade do campo dormente do outro lado da janela: aceita uma criatura que considere uma praga, aceita seu ancestral mais venerado, o aceita; mas o campo dormente é dividido e é primavera (não estou familiarizada com isso, não consigo ver nisso nenhuma alegria, considero as pessoas ligadas a isso inferiores a mim, mas eu, Xuela, não tenho condições de fazer com que o que sinto tenha algum sentido) e o campo é obrigado a fazer algo que o homem quer que faça. A imparcialidade do mar azul, o oceano cinza, ele também conhece muito bem, mas essas galerias de águas frias, imensas, não podem ser divididas e nenhuma estação pode influenciá-las a seu favor; o mar azul, o oceano cinza o levará junto com tudo o que representa sua felicidade terrena (o navio cheio de gente) e tudo o que representa sua infelicidade (o navio cheio de gente).

É uma tarde de inverno, o céu sobre ele é de um tom azul ao mesmo tempo impressionante e normal, no meio há uma lua de um branco puro e não muito cheia. Ele sente medo. Seu nome é John, ele é o senhor da gente no navio que navega pelo mar azul, o oceano cinza, mas ele não é o senhor do mar ou do oceano. Em seu posto de senhor, suas necessidades são claras e soberanas e portanto impiedosas, ele não tem compaixão, não tem ternura. Em sua condição de homem, despido, não alimentado, como testemunho de sua mediocridade sem sua casa de cômodos aquecidos, ele se depara com o mesmo destino de todos aqueles de quem havia sido senhor; o chão do outro lado da janela o engolirá; assim como o mar azul, assim como o oceano cinza. E é nesse momento em que ele se vê nessa condição, a condição de um homem, um homem comum, que ele pede a esse senhor que seja seu amigo, ele pede para si a mesmíssima coisa que não pode dar; ele pede e pede, embora saiba que isso é impossível; *isso é impossível*, mas ele não consegue se conter, pois a primeira pessoa de quem você se apieda é sempre você mesmo. E é essa pessoa, esse homem, que diz no momento em que precisa: Deus não julga; e enquanto diz isso, Deus não julga, ele se coloca em uma pose de criança; os joelhos estão cruzados, as mãos estão entrelaçadas em torno das pernas, e ele repetirá uma parábola para si mesmo, O semeador e o trigo, dando uma interpretação favorável a ele mesmo: o amor de Deus reluz igualmente em todo o trigo, cresça onde crescer, entre pedras, no chão, no solo bom.

    Esse sermão breve, amargo, que fiz para mim mesma não era uma novidade. Quase não havia um dia na minha vida em que eu não testemunhasse um incidente que adicionasse um novo peso a essa visão, porque para mim a história não era um grande palco cheio de comemorações, bandas, aplausos, fitas, medalhas, o som de taças finas retinindo e levantadas ao ar; em outras palavras, os sons da vitória. Para mim, a história não era apenas o passado: era o passado e era também o presente. Eu não me importava com a minha derrota, só me importava que ela tivesse que durar tanto; eu não enxergava o futuro, e talvez seja assim que deva ser. Por que alguém enxergaria uma coisa dessas. E no entanto... e no entanto me entristecia saber que eu não olhava adiante, sempre olhava para trás, às vezes olhava para o lado, mas sobretudo eu olhava para trás.

    Eu conhecia bem a igreja diante da qual estava naquele domingo, tinha sido batizada ali; meu pai havia se tornado um membro tão proeminente dela que agora tinha permissão para ler a lição durante o serviço das manhãs de domingo. Como se atendesse ao meu chamado, a congregação irrompeu da igreja, e nela estava o meu pai, que já não tinha mais nenhum indício da traição que cometera ao se tornar parte desse grupo, e Philip, o homem para o qual eu trabalhava mas não detestava e que ao mesmo tempo era o homem com quem eu dormia mas não amava e com quem acabaria me casando mas ainda assim não amaria. Estava, essa congregação, naquele estado de profunda satisfação, embora não estivessem todos em estados idênticos de profunda satisfação: meu pai estava menos satisfeito que Philip, sua posição no grupo menos segura. Mas meu pai era um imitador incrível e sabia muito bem como deixar uma pessoa comum infeliz e como transformar uma pessoa meramente infeliz em uma pessoa que berra no meio da noite, "O que faz o mundo se voltar contra mim?", com um gemido angustiado tão familiar à noite, mas tão estranho à pessoa de cujo ser essas palavras haviam escapado sem querer. Apenas uma olhadela não muito longe já teria propiciado um exemplo substancial: no extremo do cemitério vizinho à igreja, havia um sujeito chamado Lazarus e ele estava fazendo um buraco no chão, estava fazendo uma cova; a pessoa a ser enterrada nessa cova tão distante da igreja devia ser pobre, talvez uma das meramente infelizes. Eu sabia de Lazarus — teria ganhado esse nome em um momento de esperança ingênua; a mãe teria imaginado que um nome desses, rico e potente como era de uma segunda chance divina, de algum modo o protegeria da vida morta que era sua vida real; mas foi em vão, ele nascera um Morto e morreria um Morto. Era uma das inúmeras pessoas com quem meu pai mantinha uma existência parasitária (assim como as pessoas com quem meu pai frequentava a igreja mantinham uma existência parasitária com o meu pai), e eu sabia dele porque minha mãe havia sido enterrada naquele cemitério (eu não podia ver seu túmulo de onde estava), e uma vez, ao fazer uma visita, dei de cara com ele no cemitério, segurando uma garrafa (de meio litro) de rum branco com uma das mãos e segurando o cós da calça com a outra; um inseto ficava tentando se alimentar da pocinha de saliva que havia se formado no canto de sua boca, e a princípio ele usou a mão que estava segurando a garrafa de rum para afugentá-lo, mas o inseto persistia, e instintivamente, sem pensar, ele soltou a calça e enxotou o inseto com firmeza. O inseto de fato foi embora, o inseto não voltou, mas a calça caiu até os tornozelos, e de novo, instintivamente, sem pensar, ele esticou o braço para puxá-la e voltou ao que era antes, um homem pobre que perde a cabeça devido a uma série de acontecimentos que os culpados e os cansados e os desesperançados chamam de vida. Ele parecia um animal sobrecarregado, parecia uma carcaça viva; os ossos do corpo eram muito proeminentes, eram próximos demais da pele, ele cheirava a azedo, cheirava a fedor, cheirava como algo apodrecendo, quando ainda está naquele estágio doce em que pode passar por uma iguaria, logo antes de a verdadeira decadência começar; antes de a calça voltar à cintura outra vez, vi a única coisa viva que lhe restava; eram seus pelos pubianos: cobriam uma grande área de sua virilha, crescendo em um círculo largo, quase escondendo os genitais por inteiro; sua cor era vermelha, o vermelho de um presente ou o vermelho de uma coisa queimando rápido. Esse breve encontro entre mim e o coveiro não teve início e portanto não poderia ter fim; houve apenas um "bom dia" meu e um "ahn" dele, e essas coisas foram ditas exatamente no mesmo instante, portanto ele não escutou de fato o que falei e eu não escutei de fato o que ele falou, e esse era o objetivo. A ideia de que ele e eu realmente nos escutássemos estava fora de cogitação; pela dor envolvida, poderíamos ter nos matado ou desencadeado uma sequência de acontecimentos que só terminaria com os dois suspensos na forca ao meio-dia em praça pública. Ele sumiu dentro do necrotério, onde guardava suas ferramentas de trabalho: pás, escadas, cordas.

A congregação parou nos degraus da igreja, desfrutando o calor, agora forte, como se tivesse certeza de que continha bênçãos, mas só para eles; conversavam entre si, se escutavam, trocavam sorrisos; era uma bela imagem a que formavam, como formigas do mesmo formigueiro; era uma bela imagem, pois Lazarus fora excluído dela, eu fora excluída dela. Eles se despediram e voltaram para suas casas, onde tomariam uma xícara de chá inglês, embora soubessem muito bem que nada parecido com chá crescia na Inglaterra, e mais tarde naquela noite, antes de irem para a cama, tomariam uma xícara de chocolate inglês, embora soubessem muito bem que nada parecido com cacau crescia na Inglaterra.

Naquela época da minha vida, como um dia desses terminava? Eu estava sentada nua na minha cama, minhas pernas em cima das pernas de Philip, e ele também estava nu. Ele havia acabado de sair de dentro de mim, e um líquido quente parecido com saliva vazava de mim, deixando uma marca úmida na coberta. Ele era como a maioria dos homens que eu tinha conhecido, obcecado por uma atividade em que não era muito bom, mas era bom em seguir instruções e não tinha medo de que lhe dissessem o que fazer, ou vergonha de não saber tudo o que deveria ser feito. Ele tinha um interesse obsessivo em refazer o jardim: não a jardinagem em termos de necessidade, para cultivar alimentos, mas jardinagem em termos de luxo, cultivar plantas floridas sem qualquer outro motivo que não o prazer de cultivá-las e forçá-las a fazerem exatamente o que ele queria que fizessem; e fazia muito sentido que ele se sentisse atraído por essa atividade, pois era um ato de conquista, por mais benigno que fosse. Ele havia entrado no meu quarto como era seu costume: não disse nada, não mostrou nada, agiu como se não sentisse nada, e isso me convinha, pois todo mundo que eu conhecia era cheio de sentimentos e palavras, e boa parte deles costumava ser dirigida para impedir minhas vontades; mas ele tinha entrado no meu quarto segurando um livro, um livro cheio de retratos de ruínas, não do tipo que são os restos de uma civilização perdida, mas uma decadência construída de propósito. Ele também era obcecado por essa ideia, decadência, ruína, o que mais uma vez fazia sentido, pois descendia de gente que havia causado tanto disso que poderia acabar sentindo que não podia viver sem isso também. E imprensadas entre as folhas do livro havia espécimes de flores que ele conhecia e eu imaginava que amasse, mas flores que não cresceriam no clima de Dominica; ele as levantava contra a luz e me dizia seus nomes: peônia, espora-dos-jardins, dedaleira, acônito, e na voz dele havia ao mesmo tempo a emoção triunfante do vencedor e a melodia destoante do despossuído; pois ao recitar os nomes da fronteira herbácea (ele havia me mostrado um retrato disso, um mero aglomerado de plantas floríferas) ele entrava em um transe e relembrava cenas cotidianas da infância: o que a mãe fazia todas as quartas-feiras, o jeito como o pai aparava o bigode, o cheiro de chuva no interior da Inglaterra, pudins feitos com ovos e não com araruta;

e como no verão o cabelo dele foi cortado e a cabeça ficou parecendo as costas de um filhote de animal e uma brisa ligeira do entardecer esfriou seu couro cabeludo quente quando ele chegou ao alto de um despenhadeiro depois de caminhar pelas charnecas o dia inteiro; e o último barulho que ouviu logo antes de adormecer na primeira noite que passou longe da mãe e do pai, na escola, e a afabilidade do céu inglês principalmente no domingo de Páscoa, e o *tuá* de uma bola de tênis — um borrão branco — pontuando a quietude absoluta de uma tarde de verão inglesa; a mãe parada à sombra de uma faia alta, uma cesta cheia de legumes de distinção e caráter em uma das mãos, uma espátula na outra — em resumo, campos abertos cheios de uma simetria natural, perfeita, e ambientes fechados livres de inovações, ou do que era modismo na época, e de aromas desagradáveis.

E ainda assim, sem que exibisse nenhuma emoção, as palavras brotavam dele, uma após a outra, como água correndo rumo a um precipício, e eu me cansava, e ficava irritada, e o interrompia tirando minhas roupas e parando na frente dele e esticando os braços até o teto e mandando que se ajoelhasse para me lamber e o obrigando a ficar ali até que eu estivesse completamente satisfeita.

O rosto dele depois ficava marcado com pequenas linhas em pontos aleatórios, uma série de impressões suaves provocadas pela abundância de pelos ásperos que cresciam entre minhas pernas. Ele me parecia maravilhosamente humano nesses momentos, livre de culpa, não feliz, apenas muito humano. Ele havia sido jovem, mas já não era mais. Tinha mais ou menos a idade do meu pai, uns cinquenta anos, mas não era surpresa que não aparentasse; meu pai tivera que cometer seus crimes contra a humanidade: mostrava no rosto o número de pessoas que havia empobrecido, o número de pessoas a cujas mortes prematuras dera uma contribuição considerável, o número de crianças que havia gerado e depois ignorado, e assim por diante; mas quando Philip nasceu, todo o trabalho sujo já havia sido feito; ele era um herdeiro, gerações de pessoas haviam morrido e lhe deixado alguma coisa. Que isso não tinha lhe trazido felicidade eterna, não tinha lhe trazido paz na terra, não o salvaria de lidar com o desconhecido e talvez até o tivesse levado a um canto do mundo de que não gostava, até a cama de uma mulher que não o amava, não havia sombra de dúvida. Ele era um homem alto, mais alto que o comprimento da minha cama, e portanto não podia dormir nela. Pelas suas mãos se via que ele não tinha confiança, não tinha confiança em público e tampouco em particular: suas mãos eram pequenas, desproporcionais ao resto do corpo; eram pálidas, da cor de um inseto em seu estágio de pupa; não eram mãos capazes de inventar ou conquistar o mundo, eram mãos que poderiam perder o mundo. Eu trabalhava para ele como assistente fazia mais de um ano quando, porque eu não conseguia me livrar de uma tosse, ele teve que auscultar meu peito. Meus seios viviam em constante estado de sensibilidade, os seios em si pequenos globos de pele marrom-avermelhada, os mamilos um roxo de fruta e pontudos; eles queimavam, coçavam, e essa sensação só cessava quando uma boca, uma boca de homem, os apertava com força e chupava; já fazia muito tempo que eu havia passado a considerar essa uma parte talvez infatigável do jeito como sou de verdade, e então eu procurava um homem que pudesse aliviar essa sensação; não procurava um marido, e as frases "Casei com ele porque era lindo", "Casei com ele porque parecia confiável", "Casei com ele porque achei que seria um bom provedor" jamais cruzariam meus lábios. Como meus seios viviam naquele estado, eu usava tiras de musselina amarradas em volta deles, como se para proteger uma ferida antiga. Para que Philip me examinasse, tive que tirar a bandagem, e como ele era médico, fiz isso na frente dele. Tirei a musselina com cuidado, como se estivesse sozinha, e só porque estava na frente de um médico, não por querer que ele achasse aquilo interessante de forma alguma. A voz dele tinha um toque estranho, estranho porque vinha dele, mas familiar para mim ainda assim; ele soava como um homem, um homem muito normal, um homem como eu pensava que os homens eram; aquilo me fez dizer exatamente por que tinha feito aquilo. Contei que meus seios estavam tomados por uma sensação irritante, uma sensação irritante que eu achava prazerosa porque só era aliviada por uma sensação que eu achava ainda mais agradável, a boca de um homem colocada com firmeza sobre eles.

   Estávamos na sala onde ele examinava os pacientes, eu estava sentada na maca; a sala tinha janelas em três das paredes, as janelas tinham ripas de madeira reguláveis; as ripas de madeira estavam inclinadas, meio abertas, e o sol entrava pelas frestas, cada raio com oito centímetros de largura, e alguns deles caíam do outro lado do chão da sala e acabavam lá, e alguns caíam na diagonal, em outra parte do assoalho, e se dobravam contra a parede e acabavam ali no meio, e aquilo dava à sala uma atmosfera estranha, o padrão de sombras e luzes, um homem totalmente vestido, uma mulher explicando por que havia enfaixado os seios, uma lâmpada de querosene na prateleira, um conjunto de bacias esmaltadas brancas contendo seringas e agulhas e fórceps em cima de uma mesa de mogno; e de repente ele deve ter ficado excitado, pois se afastou de mim e olhou por uma das venezianas meio fechadas, e claro que viu o fim do mundo, pois o céu de Roseau ficava assim de vez em quando, parecia o paraíso, um lugar para onde ir quando não se quer pensar demais; e é possível que ele tenha se perguntado o que estava fazendo naquela parte do mundo, e é possível que tenha se lembrado de todas as razões que o haviam levado até aquela parte do mundo; qualquer uma delas o deixaria enjoado. As pessoas dizem que uma coisa era inevitável quando têm uma sensação de impotência, quando algo que parecia bom se torna ruim, e pela milionésima vez; ninguém nunca diz isso no leito de morte, a única vez em que seria conveniente dizê-lo, pois nada mais é inevitável, nem mesmo o sol nascendo pela manhã, que talvez você não viva para ver.

De que cor era a noite? Preta. Eu estava no meu quarto. A que horas da noite ele veio me ver? Não foi muito depois que escutei o barulho das botas dos guardas noturnos no chão pé de moleque; eles voltavam do serviço como vigias da casa do governador, embora essa função, proteger o governador, não tivesse sentido nenhum, pois quem faria mal ao governador? Eu faria, acharia fácil cortar a cabeça dele, mas então mandariam outro governador, e mesmo eu me cansaria disso, de cortar a cabeça dele. Ele bateu à porta? Ele disse, Posso entrar? Abriu a porta hesitando um pouco? Abriu a porta rápido e entrou com uma expressão equivocada no rosto, de que era desejado? Limpou os pés no capacho? Fechou a porta ao entrar? De que cor estava seu rosto? Estava pálido e fantasmagórico, acovardado, vazio, triste? Estava vermelho, cheio de sangue, excitado, feliz? Talvez, talvez. Ele usava uma camisa azul, o tom de azul que o mar ganhava ao meio-dia, e isso me surpreendeu, pois não sabia que ele gostava daquela cor; devia estar de sapato; devia ter acabado de tomar um banho, um cheiro emanava dele, um perfume masculino, um perfume que homem nenhum que eu tivesse conhecido poderia comprar. Trazia um livro na mão — ele fez isso desde o começo —, ele o segurava na mão direita e o indicador o separava em duas partes. Ele disse meu nome. Meu quarto não era pequeno demais, não era grande demais; era feito para abrigar sua enfermeira, feito para acolher alguém de nível social mais alto que o meu, alguém bem abaixo do dele, alguém que não eu, alguém que não ele, alguém que me fizesse respeitar o lugar que me cabia, alguém que o fizesse respeitar o lugar que cabia a ele; mas nunca apareceu nenhuma enfermeira. Eu sentia a escuridão da noite lá fora, uma escuridão que brilho nenhum das estrelas poderia iluminar, uma escuridão que desencorajava movimentos a não ser que você sentisse que seus pés tinham olhos; eu ouvia alguém cantar, uma mulher — era uma inglesa; cantava uma canção triste, uma canção de ninar triste, mas ela não estava triste, quem está triste não canta. Meu quarto era iluminado por uma pequena lâmpada azul cuja base era feita de porcelana com duas flores de pétalas multicoloridas pintadas — tulipas papagaio, Philip me disse que era como se chamavam — e emitia uma luz que deixava o ambiente não romântico, não perverso, não agradável, nada disso; emitia luz, não muita luz, pois era uma lâmpada pequena; tinha sido a lâmpada da minha mãe e provavelmente fora a última luz que vira, pois era a lâmpada que iluminava o quarto no momento de sua morte, que foi quando nasci; e à luz dessa lâmpada ela também deve ter visto o rosto do meu pai quando ele estava em cima dela, pouco antes de sair de dentro dela. Mas essa pequena lâmpada não emitia muita luz e Philip segurava um livro na mão que queria me mostrar, ele achava; ele realmente achava isso, achava que queria mostrá-lo para mim desde o instante em que o tirou do lugar na prateleira pouco antes de comer seu jantar; e depois que a esposa foi para a cama e ele passou por três portas, entrando e saindo dos cômodos, e então pôs os pés fora da casa e foi até o meu quarto e cruzou a porta, e todo esse tempo ele achava que queria me mostrar o livro, até o momento em que eu disse que não queria ver. Estava sentada no chão, acariciando distraída várias partes do meu corpo. Usava uma camisola feita de um pedaço de nanquim que meu pai me dera, e quando Philip entrou uma das minhas mãos estava embaixo dela e meus dedos estavam enredados nos pelos entre minhas pernas. Quando ele entrou, não tirei a mão às pressas. Ele disse meu nome. Eu queria responder de um jeito normal, do jeito que as pessoas costumam responder quando são chamadas. Você diz, "Sim?" e espera que continuem, mas eu não conseguia, minha voz parecia ter ficado presa na minha mão, a mão que estava presa nos pelos entre minhas pernas. Então ele não disse nada. As bainhas da calça tocavam o alto dos seus sapatos; a calça era de linho e de um tom de bege de que eu não gostava: ossos mortos havia muito tempo eram daquela cor, conchas vazias eram daquela cor, é uma das cores da decadência, mas era uma cor de que ele gostava, muitas peças que usava eram daquele tom de bege; os sapatos eram marrons, maciços e reluzentes.

Ele não era de forma alguma a pessoa que eu sonhava que se deitasse em cima de mim, minhas pernas enroscadas em sua cintura; eu não estava sem ninguém, eu conhecia um homem, um homem no qual eu pensava desse jeito, um homem com o qual sonhava, mas ele não estava no quarto comigo naquele instante, estava longe, não sabia onde, e até Philip vir eu estava sozinha no quarto, me acariciando, uma das mãos presa de propósito nos pelos entre minhas pernas. O cabelo dele era ralo e amarelo como o de um animal com o qual eu não estivesse familiarizada; a pele era fina e rosa e transparente, como se estivesse em vias de se tornar uma pele mas ainda não tivesse chegado ao estado da pele de verdade; não era a pele de ninguém que eu tivesse amado até então e não era a pele com que eu sonhava; as veias apareciam aqui e ali como fios costurados por uma costureira desajeitada; o nariz era estreito e fino como a parte pequena de um funil, e se empinava no ar como se estivesse alerta a alguma coisa, não era o tipo de nariz que eu estava acostumada a gostar. Ele não parecia ninguém que eu pudesse amar, e não parecia ninguém que eu devesse amar, e portanto decidi naquele instante que não poderia amá-lo e decidi que não deveria amá-lo. Existe uma forma como a vida deve ser, uma forma ideal, uma forma perfeita, e existe a forma como a vida é, não exatamente oposta à ideal, não exatamente oposta à perfeita, ela apenas não é bem da forma como deve ser mas também não é da forma como não deve ser; o que quero dizer é que em qualquer situação, apenas uma ou duas, talvez até três de cada dez, as coisas são exatamente como você rezava para que fossem. Ele disse meu nome. Havia colocado o livro que estava segurando na mesa, uma mesa feita com a madeira tirada de um carvalho, uma mesa de três pés que terminavam em forma de garras, uma mesa que trouxera da Inglaterra mas para a qual não achara serventia e que portanto dera a mim ou a quem quer que fosse ocupar o quarto onde estava. Ele disse meu nome e era como se estivesse aprisionado no som do meu nome; sua voz estava abafada, rouca, como a de quem fica sem ar, ele estava desesperado, estava em lágrimas, embora não saísse água de seus olhos, ele estava fora de si, ele jamais estaria naquele quarto. Comecei a tirar minha camisola, puxei-a pela cabeça, eu tinha feito duas tranças no cabelo e enrolado nas laterais da cabeça, cobrindo minhas orelhas; a gola da camisola tinha uma abertura pequena demais e então fiquei ali diante dele, os braços suspensos, a cabeça presa dentro da camisola, nua. Não sei quanto tempo fiquei assim, pode ter sido apenas um instante, mas me tornei eternamente fascinada com como me senti naquele momento. Tive uma sensação entre as pernas que eu desconhecia; ele não foi o primeiro homem com quem estive, mas não me permiti reconhecer como era forte aquela sensação, eu mesma não tinha palavras para aquilo, nunca tinha lido uma palavra para aquilo, nunca tinha ouvido ninguém mencionar uma palavra para aquilo; a sensação era doce, profunda, um espaço vazio com uma ânsia a ser saciada, a ser preenchida até que a ânsia a ser preenchida fosse exaurida. Ele ficou atrás de mim e subiu e desceu a língua pela minha nuca. Me ajudou a descer a camisola pelo corpo de novo, e depois desfez uma trança e eu desfiz a outra. Ele me ajudou a tirar a camisola e ela saiu facilmente. Ele usava um cinto marrom feito de cânhamo tingido do mesmo tom de marrom dos sapatos e eu quis tirá-lo, mas não suportava a ideia de vê-lo nu, a pele em sua condição de quase pele me lembraria do mundo, o mundo que existia fora do quarto que era a noite escura, a noite além da noite escura, e por isso fechei os olhos e me virei e tirei o cinto, e usando a boca eu o apertei em volta dos punhos e levantei as mãos no ar, e com o rosto virado para o lado encostei o peito contra a parede. Fiz com que ele ficasse de pé atrás de mim, fiz com que se deitasse em cima de mim, meu rosto embaixo do dele; fiz com que se deitasse em cima de mim, minhas costas sob o peito dele; fiz com que ficasse atrás de mim e pusesse a mão na minha boca e mordi a mão em um momento de confusão, um momento que não saberia dizer se eu sentia agonia ou prazer; fiz com que beijasse meu corpo inteiro, começando pelos pés e terminando no alto da minha cabeça. A escuridão fora do quarto fazia pressão contra as quatro paredes; ali dentro, o quarto ficava cada vez menor à medida que se enchia a ponto de quase explodir de silvos, arquejos, gemidos, suspiros, lágrimas, acessos de riso; mas havia nesses sons uma reviravolta, um giro, uma força que tirava deles suas naturezas comuns e fariam você tampar os ouvidos a não ser que viessem de dentro de você mesmo, até que você percebesse que vinham de dentro de você; todos esses sons vinham de mim; ele estava em silêncio e sempre ficaria em silêncio quando estava nesse estado; nenhuma palavra vinha dele, nenhum som vinha dele, só de vez em quando murmurava meu nome como se ele contivesse algo, um sentido, uma lembrança de que talvez não conseguisse se livrar. Ele caiu no sono, não o sono dos contentes, o sono dos saciados, mas o sono dos bêbados; eu não representava a paz para ele (assim como ele não representava a paz para mim); eu não poderia representar a paz para ele, seria perigoso para ele se fosse assim, a tentação de vê-lo morto eu acharia esmagadora, eu seria incapaz de resistir.

 A esposa dele ainda era viva na época, o nome dela era Moira e ainda era viva; moravam na mesma casa e faziam as mesmas refeições juntos no mesmo horário e faziam muitas coisas juntos, mas não dormiam na mesma cama no mesmo quarto; faziam muitas coisas juntos, iam à igreja, viam as mesmas pessoas ao mesmo tempo, mas não dormiam na mesma cama no mesmo quarto, e embora fizesse sentido para mim, pois eu também sempre escolhia dormir, dormir de fato, sozinha, eu não sabia como tinham chegado a tal acordo e não sabia quem havia pedido que fosse assim. Não sabia como tinham se conhecido, não pareciam ter sido apaixonados um dia, mas nem mesmo eu confiava nessa observação; afinal, as pessoas são cheias de surpresas. Ela estava muito satisfeita por ser quem era, e com isso queria dizer que estava muito satisfeita por ser do povo inglês, e isso fazia sentido, porque esta é uma das primeiras ferramentas de que você precisa para ofender outro ser humano — estar muito satisfeito com quem se é. Ela gostava do próprio cabelo, era preto e cortado rente à cabeça que nem o de um homem, e fazia uma mistura de ovos, mel e suco de limão e passava com um pente para fazê-lo brilhar. Gostava de sua aparência e não a teria descrito da seguinte forma: pálida, fantasmagórica, sem vida; teria declarado que era bondosa, cheia de empatia pelos outros (juntava roupas usadas para as vítimas de desastres naturais), digna (doava aos pobres), muito graciosa, mas em sua presente situação isso não tinha importância, e essa situação era um clima de que ela não gostava, um lugar cheio de gente que jamais conseguiria amar. Por dias a fio comia apenas frutas e reclamava que estavam muito azedas ou muito doces ou que não estavam firmes o bastante ou que estavam firmes demais, e se deitava à sombra porque o sol estava quente demais, ou se deitava no quarto com as venezianas fechadas para não deixar a umidade entrar, ou talvez fosse a escuridão ou alguma outra coisa. Ela usava só preto ou só cinza ou só branco, e como era muito magra, ossuda, quase como uma coisa que tinha existido e havia se perdido fazia tempo e depois fora reencontrada, um vestígio, como um fóssil, essas cores lhe davam um ar malicioso; ela parecia um vetor, um vetor de mal-estar, e então começava a falar em longas frases, frases que tinham centenas de palavras, e não parava para respirar, e nada era dito de fato, era apenas um som estranho no ar, um incômodo que era sua voz, e eu precisava resistir ao meu ímpeto de silenciá-lo com um tapa. Eu não gostava dela e devia ter gostado dela, ou pelo menos devia ter tido mesmo um mínimo de empatia por ela, pois assim como eu ela também tinha um útero estragado, mas eu não saberia dizer se assim como eu ela havia estragado o dela de propósito ou se tinha nascido desse jeito. Eu não gostava dela; não gostava dela, era impossível, era uma situação impossível. Não gostávamos de nós mesmas, não gostávamos uma da outra, e portanto era impossível gostar delas; elas tinham um jeito de outra coisa, outra coisa que não nós mesmas; éramos humanas e elas não eram humanas, e tudo nelas que era diferente de nós nos levava a duvidar da realidade delas; elas eram cruéis de maneiras que nunca havíamos imaginado, eram uma das definições de contradição: viviam entre pessoas de que não gostavam, não faziam isso com tranquilidade, não faziam isso com alegria, mas faziam isso mesmo assim. Sua alteridade não era especialmente ofensiva; eu só estava mais familiarizada com ela. Ela se sentava em bacias de água fria para esfriar o corpo quente e depois se sentava em bacias de água quente para esquentar o corpo frio. Da primeira vez que a vi, ela estava na frente do espelho esfregando as pequenas pedras velhas que eram seus seios, mas sem objetivo até onde pude ver: a boca não estava aberta, as pernas não estavam levemente afastadas, as mãos só se mexiam para um lado e para o outro em um movimento circular em torno dos seios. Os olhos eram de um tom azul mais adequado a uma vastidão como o céu ou o mar, e naquele rosto seco confirmavam sua natureza mesquinha. Eu sempre ansiaria por ver seu rosto, não com prazer, mas por curiosidade, e sempre me espantava que não mostrasse nada de novo: nenhum abrandamento, nenhuma lágrima, nenhum arrependimento, nenhuma desculpa; ela era uma dama, eu era uma mulher, e essa distinção era importante para ela; isso lhe permitia acreditar que eu não associaria o comum, o cotidiano — uma evacuação intestinal, um berro de êxtase — a ela, e um pequeno ato de crueldade era alçado a um ritual de civilidade. E então ela dizia, "Tem uma mulher que monta uma venda toda terça-feira na esquina da King George com a Market Street; diga a ela que a dama que comprou…". Era uma descrição certeira de si mesma, mais do que ela gostaria que fosse, pois é verdade que uma dama é a combinação de invenções elaboradas, uma coletânea de aparências, arranjos faciais e partes do corpo, distorções, mentiras e esforços vazios. Eu era uma mulher, e como tal tinha uma definição breve: dois seios, uma pequena abertura entre as pernas, um útero; nunca varia, estão sempre no mesmo lugar. Ela jamais se descreveria dessa forma, ela se encolheria diante dessa descrição, uma descrição dessas carrega em seu cerne o ato do autodomínio, e naquele momento meu eu era a única coisa que eu tinha que era meu. Não era a ela, portanto, que eu poderia fazer a pergunta: Por que as mulheres se odeiam? E essa vida que ela (e Philip e todos os que se pareciam com eles) vivia entre nós, essa vida de comodidade, essa vida de conforto, o resultado de um grande triunfo, uma vida a que ninguém parece capaz de resistir, o domínio sobre os outros: era também uma vida de morte, uma morte diferente daquela do coveiro Lazarus, diferente da minha, mas uma morte ainda assim, uma morte em vida, pois cada feito, bom ou ruim, contém em si a própria recompensa, boa ou ruim; cada ato cometido é um presente que a pessoa se dá. Ela morreu. Casei com o marido dela, mas isso não significa que tenha tomado o seu lugar.

Nos momentos em que Philip estava dentro de mim, nesses momentos em que o prazer de suas investidas e recuos decrescia e eu não era prisioneira da mais primitiva e mais essencial das emoções, aquela coisa silenciosa, secreta, vergonhosamente chamada sexo, minha cabeça se voltava para outra fonte de prazer. Era um homem que era o oposto de Philip. O nome dele era Roland.

Sua boca era como uma ilha no mar que era seu rosto; tenho certeza de que tinha orelhas e nariz e olhos e todo o restante, mas eu só via a boca, que eu sabia que era capaz de fazer tudo o que uma boca geralmente faz, como ingerir comida, se contrair em aprovação ou reprovação, sorrir, se contorcer em pensamentos; dentro estavam seus dentes e atrás deles a língua. Por que eu o via dessa forma, como foi que passei a vê-lo dessa forma? Era um mistério para mim que ele estivesse vivo o tempo todo e eu não soubesse de sua existência e estivesse muito bem — ia dormir à noite e conseguia acordar de manhã e saudar o dia com indiferença se quisesse, podia pentear o cabelo e me coçar e continuava muito bem — e ele estava vivo, às vezes morando em uma casa vizinha à minha, às vezes morando em uma casa distante, e sua existência era comum e perfeita e paralela à minha, mas eu não sabia dela, embora ele às vezes estivesse perto o suficiente para que eu reparasse que ele cheirava à carga que havia descarregado; ele era estivador.

Sua boca parecia mesmo uma ilha, pousada em um mar marrom cor de galho, se estendendo de leste a oeste, mais larga perto do centro, com vincos minúsculos, acentuados, sua cor de um tom mais leve que o do mar marrom cor de galho onde ela ficava, o ponto onde os dois lábios se encontram desaparecendo no rosa mais rosado, e embora eu deva ter juntado sua boca com a minha milhares de vezes, era sempre uma novidade para mim. Ele deve ter sorrido para mim, embora eu não saiba de fato, mas não gosto de imaginar que eu amaria alguém que não tivesse primeiro sorrido para mim. Estava chovendo, uma tempestade forte, e me abriguei debaixo da galeria de uma loja de tecidos com outras pessoas. A chuva era um inconveniente, porque era desnecessária; já havia chovido o suficiente, e ela já não estava mais só do lado de fora, transbordando nas sarjetas, mas também dentro dos lugares, os telhados vazando e depois caindo. Eu estava debaixo da galeria e tinha mergulhado fundo em mim mesma, totalmente imersa no desespero que sentia por ser eu. Usava um vestido; tinha penteado o cabelo naquela manhã; tinha me lavado naquela manhã. Não estava olhando para nada específico quando vi sua boca. Ele falava com outra pessoa, mas olhava para mim. A pessoa com quem falava era uma mulher. Sua boca naquele instante não era como uma ilha repousando no mar, mas um pequeno pedaço de terra visto do alto e colocado em movimento por uma força que não podia ser vista de imediato.

Quando me viu olhando para ele, abriu a boca mais ainda, e esse deve ter sido o sorriso. Notei então que tinha um enorme espaço entre os dois dentes da frente, o que provavelmente queria dizer que não era digno de confiança, mas não me importei. Meu vestido estava úmido, meus sapatos estavam molhados, meu cabelo estava molhado, minha pele estava fria, ao meu redor havia pessoas em poças de água e lama, tremendo, mas comecei a suar por causa de um esforço que eu não sabia que estava fazendo; comecei a suar porque sentia calor, e comecei a suar porque me sentia feliz. Meu cabelo estava preso em duas tranças e as pontas batiam logo abaixo da clavícula; toda a umidade do meu cabelo se acumulava e escorria pelas duas tranças, como se fossem duas calhas, e a água entrava pelo meu vestido logo abaixo da clavícula e continuava escorrendo pelo meu peito, parando onde a ponta dos meus seios encontrava o tecido, revelando, nítidos como uma impressão recente, meus mamilos. Ele olhava para mim e falava com outra pessoa, e sua boca se alargou e se estreitou, pequena e grande, e eu quis que ele me notasse, mas havia barulho demais: todas as pessoas paradas na galeria, se abrigando da chuva forte, tinham algo a dizer, algo que não era sobre o tempo (aquilo agora já não merecia comentários) mas sobre a vida delas, suas decepções mais provavelmente, pois a alegria é tão efêmera que não há tempo suficiente para alguém viver nela. O barulho, que começou como um zumbido, virou um rumor alto, e o rumor alto tinha um gosto desagradável de metal e vinagre, mas eu sabia que sua boca poderia acabar com aquilo se eu conseguisse chegar até ela; assim, gritei meu próprio nome, e percebi que ele havia me escutado imediatamente, mas não parava de falar com a mulher com quem estava falando, portanto tive que gritar meu nome várias vezes até ele parar, e a essa altura meu nome era como uma corrente em torno dele, assim como a visão de sua boca era uma corrente em torno de mim. E quando nossos olhos se encontraram, nós rimos, pois estávamos felizes, mas foi assustador, porque aquele olhar perguntava tudo: quem trairia quem, quem seria o prisioneiro, quem seria o captor, quem daria e quem tomaria, o que eu faria. E quando nossos olhos se encontraram e rimos ao mesmo tempo, eu disse, "Eu te amo, eu te amo", e ele disse, "Eu sei". Ele não disse isso por vaidade, não disse por arrogância, ele só disse isso porque era verdade.

O nome dele era Roland. Não era um herói, nem sequer tinha um país; era de uma ilha, uma ilhota que ficava entre um mar e um oceano, e uma ilhota não é um país. E ele não tinha uma história; era um pequeno acontecimento na história de outra pessoa, mas era um homem. Eu o via melhor do que ele se via, e isso porque ele era quem era e eu era eu mesma, mas também porque eu era mais alta do que ele. Ele era rústico, mas se portava como se fosse precioso. Suas mãos eram grandes e grossas e sem nenhum motivo que eu pudesse entender ele as estendia à sua frente e elas pareciam peças faltantes de uma máquina poderosa; suas pernas eram retas do quadril ao joelho, e a partir do joelho se curvavam em um ângulo como se tivessem passado tempo demais no mar ou nunca tivessem aprendido a andar direito. Os pelos das suas pernas eram encaracolados como se fossem pedaços de fios enrolados entre o polegar e o indicador antes de costurar, e assim também eram os pelos dos braços, os pelos das axilas e os pelos do peito; os pelos desses lugares eram pretos e esparsos; os cabelos da cabeça e entre as pernas também eram pretos e crespos, mas cresciam com tamanha abundância que era impossível passar a mão por entre eles. Sentado, em pé, andando ou deitado, ele se portava como se fosse precioso, não por vaidade, mas porque era verdade, ele era precioso; porém, quando estava deitado em cima de mim, ele me olhava como se eu fosse a única mulher do mundo, a única para a qual tinha olhado daquele jeito — só que não era verdade, homens só fazem isso quando não é verdade. Da primeira vez que ele se deitou em cima de mim fiquei tão envergonhada do tamanho prazer que eu estava sentindo que mordi meu lábio inferior com força — mas não sangrou, não da mordida que dei, não naquele momento. A pele dele era macia e quente nos lugares onde não o havia beijado; nos lugares em que o havia beijado a pele era fria e áspera, e os poros abertos e protuberantes.

O mundo se tornou um lugar bonito? A estação das chuvas se foi; a estação ensolarada chegou, e fazia calor demais; o leito do rio secou, a nascente ficou rasa, o calor acabou se tornando tão cansativo quanto a chuva, e eu desejaria que ele fosse embora se não estivesse ocupada com essa outra sensação, uma sensação para a qual eu não tinha uma palavra. Eu me sentia repleta de felicidade, mas era um tipo de felicidade que eu nunca tinha experimentado, e minha felicidade transbordava de mim e corria até uma estrada muito, muito longa e depois a estrada chegaria ao fim e eu me sentiria vazia e triste, pois o que poderia vir depois disso? Como terminaria?

Nem tudo tem um fim, embora o começo mude. Na primeira vez que estivemos em uma cama juntos ela era uma tábua fina coberta por um pano velho, e esse pequeno detalhe, evidência da nossa pobreza — pessoas na nossa condição, um estivador e uma criada de médico, não podiam comprar um colchão de verdade —, foi uma grande dádiva para a minha satisfação, pois permitiu que eu me contivesse e o acompanhasse respiração a respiração. Mas como é possível que um homem capaz de carregar nas costas enormes sacas cheias de açúcar e fardos de algodão do amanhecer até o crepúsculo se esgote depois de cinco minutos dentro de uma mulher? Eu não sabia naquela época e não sei agora como responder a essa pergunta. Ele me beijou. Ele adormeceu. Mergulhei o rosto entre suas pernas; ele cheirava a curry e cebola, pois era o que tinha descarregado o dia inteiro; de outras vezes que mergulhei meu rosto entre suas pernas — pois eu fazia isso sempre, gostava de fazer — ele cheirava a açúcar, ou farinha, ou os rolos grandes e baratos de algodão de que roubava alguns metros e me dava para eu fazer um vestido.

O que é o cotidiano? O que é o normal? Um dia, andando até o dispensário do governo para pegar alguns suprimentos — uma das minhas tarefas como criada de um homem cuja paixão por mim fugia a seu controle e ele já tinha parado há tempos de tentar conter, um homem que eu ignorava a não ser quando queria que me satisfizesse —, conheci a esposa de Roland, cara a cara, pela primeira vez. Ela parou na minha frente como uma sentinela — firme, digna, protegendo a nobre ideia, se não o nobre ideal, que era o seu marido. Ela não bloqueou o sol, ele brilhava à minha direita; à minha esquerda havia uma imensa nuvem preta; chovia ao longe; não havia arco-íris no horizonte. Ficamos paradas na faixa estreita de concreto que era a calçada. Uma parte de uma cerca de madeira que deveria proteger um pátio dos passantes estava torta e quebrada, e alguns puxões acabariam com sua utilidade; no pátio, um arbusto de prímulas florescia de forma artificial, as folhas grandes demais, as flores espalhafatosas, e havia ervas daninhas por todos os lados, haviam vicejado naquela água toda. Não estávamos a sós. Um homem passou por nós com um cutelo na mochila e um cachorro maltratado dois passos atrás; uma mulher passou com uma cesta grande de comida em cima da cabeça; crianças voltavam da escola para casa, e não caminhavam juntas; um homem estava debruçado na janela cuspindo, tomava rapé. Eu estava com um par de saltos modestos, vermelhos, não uma cor que se usasse para trabalhar no meio da tarde, mas era assim que eu me sentia, vermelha de paixão, como aquele hibisco que crescia debaixo da janela do homem que não parava de cuspir rapé. E a esposa de Roland me chamou de puta, de piranha, de porca, de cobra, de víbora, de ratazana, de baixa, de parasita e de mulher diabólica. Percebi que sua boca formava um abraço familiar em torno daquelas palavras — pobre coitada, estava acostumada a dizê-las. Não me surpreendi. Eu não poderia amar Roland como amava se ele não amasse outras mulheres. E não me surpreendi; havia percebido de cara o espaço entre seus dentes. Não me surpreendeu que ela soubesse de mim; homens não sabem guardar segredo, homens sempre querem que todas as mulheres que conhecem saibam umas das outras.

Acho que disse: "Eu amo o Roland; quando ele está comigo, quero que ele me ame; quando ele não está comigo, penso nele me amando. Eu não amo você. Amo o Roland". Isso era o que eu sentia vontade de dizer, e é o que acho que disse. Ela me deu um tapa na cara; sua mão era grande e grossa como um remo; ela também estava acostumada ao trabalho duro. Sua mão tocou a lateral do meu rosto: meu maxilar, a pele debaixo do olho e sob o queixo, uma pequena parte do nariz, o lóbulo da orelha. Eu era uma moça de vinte e poucos anos na época, minha pele era elástica, macia, os poros invisíveis a olho nu. Foi totalmente sem amargura que pensei, ao olhar para o rosto dela, um rosto que me despertava tão pouco interesse que me cansaria descrevê-lo, Por que o casamento é tão desejável que todas as mulheres têm medo de serem pegas fora dele? E por que essa mulher, que nunca tinha me visto antes, a quem eu nunca tinha feito promessa nenhuma, a quem eu não devia nada, me odeia tanto? Ela esperava que eu retribuísse o tapa, mas eu disse, de novo sem qualquer amargura, "Considero uma humilhação brigar por causa de homem".

Eu estava usando um vestido de linho irlandês azul-claro. Não tinha condições de pagar por um material como esse, pois ele vinha de um país de verdade, não um país de mentira como o meu; um carregamento desse tecido em azul, rosa, verde-limão e bege havia chegado da Irlanda, imagino, e Roland tinha me dado metros de todas as cores. Eu estava com meu vestido de linho irlandês azul naquele dia, e ele era bastante recatado — uma saia plissada que terminava abaixo dos joelhos, um cinto, mangas abotoadas nos punhos, uma gola fechada que cobria minha clavícula — mas debaixo do vestido não usava absolutamente nada, nenhuma roupa íntima de tipo algum, só meias, dadas a mim por Roland e tiradas de outro carregamento de têxteis, ambas presas por dois pedaços de elástico que eu tinha costurado juntos para fazer uma liga. Minha declaração do que eu considerava humilhante deve ter enfurecido a esposa de Roland, pois ela segurou meu vestido azul pela gola e deu um puxão, rasgando-o em dois do pescoço até a cintura. Meus seios repousavam suavemente no peito, como dois pequenos pedaços de massa de pão que não haviam crescido, impassíveis diante da raiva daquela mulher; não era como reagiam ao toque da boca de seu marido, pois ele tiraria meu vestido, primeiro abrindo todos os botões com paciência e depois puxando o corpete para baixo, e depois pegaria um seio com a boca, e ele cresceria até ficar de um tamanho bem maior do que a boca poderia conter, e ele o largaria e se voltaria para o outro; a saliva evaporando da pele naquele seio era uma sensação completamente diferente da sensação do outro seio na boca, e eu me dividia em duas, pois não conseguia decidir qual sensação eu queria que fosse mais forte que a outra. Por uma hora ele me beijava dessa forma e depois se exauria em cima de mim em cinco minutos. Eu o amava tanto. Na escuridão, não conseguia vê-lo com nitidez, só um contorno, uma sombra maciça; quando o via de dia, estava vestido. A esposa, ao rasgar meu vestido, um vestido feito de um tecido que ela conhecia muito bem, pois tinha um vestido feito do mesmo tecido, me contou a história dele: não era longa, não era triste, ninguém tinha morrido, nenhuma terra fora devastada, nenhuma herança fora roubada; ela tinha uma lista, e era cheia de nomes, mas não eram nomes de países.

Qual foi a cor do dia do seu casamento? Ela foi tomada de desejo na primeira vez em que o viu? O ímpeto de possuir está vivo em todos os corações, e tem quem escolha vastas planícies, tem quem escolha montanhas altas, tem quem escolha mares imensos, e tem quem escolha maridos; eu escolhia possuir a mim mesma. Eu parecia uma árvore, uma árvore alta com galhos compridos, fortes; parecia delicada, mas qualquer homem que eu segurasse nos braços sabia que eu era forte; meu cabelo era longo e volumoso e ondulado, e eu o usava trançado e preso à cabeça, pois quando o deixava solto sobre os ombros provocava excitação nos outros — alguns eram homens, algumas eram mulheres, alguns ficavam contentes, alguns não. Meu jeito de andar dependia de quem eu achava que me veria e no impacto que queria que meus passos causassem. Meu rosto era lindo, eu achava.

E no entanto estava parada diante de uma mulher que se via incapaz de manter o butim de sua vida em seu saco protetor, uma mulher cuja voz já não vinha da garganta mas do fundo do estômago, uma mulher cujo ódio era direcionado à pessoa errada. Olhei para os pés, os dela e os meus, e esperei ver minha curta vida passar diante dos meus olhos; na verdade, vi que os pés dela estavam descalços. Ela tinha um par de sapatos, contudo, que eu já havia visto: eram brancos, eram singelos, os bicos arredondados e cordões achatados, bem engraxados, ela os usava somente aos domingos, para ir à igreja. Eu tinha vários pares de sapatos, de cores que chamavam atenção e ofuscavam os olhos; eram desconfortáveis, eu os usava todos os dias, eu nunca ia à igreja.

    Meus braços fortes se esticaram para acariciar Roland, que estava deitado nu nas minhas costas; eu também estava nua. Eu sabia o nome de sua esposa, mas não disse; ele também sabia o nome da esposa, mas não disse. Eu não sabia a longa lista de nomes que não eram de países que a esposa tinha guardado na memória. Ele mesmo não sabia a longa lista de nomes; não a havia guardado na memória. Não era por desonestidade, e não era por desleixo. Ele era alguém tão acostumado a uma imensa fortuna que a considerava natural; não tinha talão de cheques, não tinha livro de contabilidade, ele tinha uma fortuna — mas ainda assim não perdia o interesse em conseguir mais. Sentindo meu útero se contrair, cruzei o quarto, ainda nua; pequenas gotas de sangue escoavam de dentro de mim, provas da minha recusa em aceitar seu presente silencioso. E Roland olhou para mim, o rosto expressando confusão. Por que eu não carregava seus filhos? Ele sentia os momentos em que eu estava fértil, e no entanto todos os meses o sangue saía de mim, e todos os meses eu tinha certeza quanto a sua chegada e sua partida, e ficava sempre extasiada com a exatidão dos meus cálculos. Quando o via daquele jeito, o rosto com uma expressão que era uma mistura — confusão, pasmo, derrota —, sentia muita pena dele, pois sua vida era reduzida a uma lista de nomes que não eram países e ao número de vezes que tinha feito o fluxo mensal de sangue parar; sua vida era reduzida a mulheres, algumas lindas, que usavam vestidos feitos com metros de tecidos que ele havia tirado furtivamente das entranhas dos navios onde trabalhava como estivador.

Nessa época eu o amava tanto que me faltavam palavras; eu o amava quando estava parado na minha frente e o amava quando estava longe dos meus olhos. Eu ainda era uma jovem mulher. Nenhuma marca pequena, nem mesmo do tamanho do indicador de uma criança, tinha surgido nas partes tenras do meu corpo até então; minhas pernas eram compridas e rígidas, como se tivessem sido feitas para me levar a lugares distantes; meus braços eram longos e fortes, como se preparados para carregar cargas pesadas. Estava apaixonada por Roland. Ele era um homem. Mas quem ele era de verdade? Não navegava os mares, não cruzava os oceanos, só trabalhava nos porões de navios que o haviam feito; ele não tinha montanhas batizadas em sua homenagem, nem vales, nem nada. Mas ainda era um homem, e queria algo além da satisfação comum — além de uma esposa, um amor e um quarto com paredes feitas de lama e telhado de folhas de cana, além do pequeno lote de terra onde as mesmas árvores davam os mesmos frutos ano após ano —, pois tudo acabaria somente em morte, pois embora nenhuma história escrita até então o abarcasse, embora ele não conseguisse identificar as pequenas insurreições dentro de si, embora negasse as pequenas insurreições dentro de si, uma estranha calma às vezes o dominava, uma tranquilidade fria, e como não conseguia encontrar palavras para isso ele era momentaneamente cegado pela vergonha.

Uma noite, Roland e eu estávamos sentados nos degraus do píer, as costas viradas para o mundo pequeno de onde éramos, o mundo de curvas bruscas, perigosas na estrada, de montanhas íngremes de formações vulcânicas recentes cobertas de um verde tão acanhado que ninguém ansiava por elas, de 365 córregos que jamais se encontrariam para formar um estrondo majestoso, de nuvens que nada mais eram que enormes vasos contendo dias intermináveis de água, de gente que nunca tinha sido considerada gente; olhávamos para a noite, seu negror não era uma surpresa, a lua cheia de luz branca desbotada viajava pela superfície de um céu negro cintilante; eu usava um vestido feito de outro pedaço de tecido que ele tinha me dado, outro pedaço de tecido tirado das entranhas de um navio sem permissão, e havia um bolso falso na saia, um bolso que não tinha fundo, e Roland pôs a mão dentro do bolso, esticando-a para tocar dentro de mim;

olhei para o rosto dele, a boca que eu via e que se estendia pelo rosto como uma ilha, e também como uma ilha ela continha segredos e era perigosa e era capaz de engolir por inteiro coisas muito maiores que ela mesma; mirei o horizonte, que não conseguia ver mas ainda assim sabia que estava ali, o que também era verdade quanto ao fim do meu amor por Roland.

A pele do meu pai era da cor da corrupção: cobre, ouro, minério; os olhos eram cinza, o cabelo era vermelho, o nariz longo e estreito; o pai dele era um homem escocês, a mãe era do povo africano, e essa distinção entre "homem" e "povo" era uma distinção importante, pois um tinha saído do navio como parte de uma horda, já demonizado, a mente vazia de qualquer coisa que não fosse o sofrimento humano, um rosto igual ao rosto ao seu lado; o outro tinha saído do navio por vontade própria, almejando cumprir um destino, uma visão de si mesmo que trazia na imaginação. Foi uma união legítima e aconteceu na igreja Metodista no vilarejo de All Saints, na paróquia de St. Paul, Antígua, em uma tarde de domingo no fim do século xix. O nome dele era John Richardson e o nome dela era Mary; não sei se a palavra "felicidade" era associada a casamento naquela época. Tiveram dois filhos, Alfred e Albert; Alfred se tornou meu pai. O que o meu pai achava dos pais dele, não sei. Não sei se a mãe dele era bonita; não havia retratos dela e meu pai nunca falava dela dessa forma. Não sei se o pai dele era bem-apessoado; não havia retratos dele e meu pai nunca falava dele dessa forma. A mãe não tinha nascido na escravidão, mas seus pais sem dúvida haviam sido escravizados; portanto, também o pai dele não poderia ser um senhor de escravos, mas seus pais deviam ter sido. Como esses dois se conheceram e se apaixonaram, não sei; que tenham se apaixonado não sei, mas não descarto a possibilidade, tampouco qualquer outra combinação de sentimentos. Esse homem chamado John Richardson era comerciante de rum e tinha vivido por toda parte das Índias Ocidentais dominadas pela Inglaterra, tendo passado muito tempo em Anguilla antes de se estabelecer com a esposa, Mary, em Antígua; ele teve muitos filhos com muitas mulheres nesses lugares onde tinha morado, e eram todos meninos e era fácil perceber que eram os filhos de John Richardson porque todos tinham o mesmo cabelo vermelho, um cabelo vermelho tão peculiar que todos se orgulhavam de tê-lo, o cabelo de John Richardson. Eu sabia disso porque meu pai contava às pessoas que era filho desse homem e descrevia o pai dessa forma, como um homem que tinha morado nesse e naquele lugar e tido filhos, todos meninos de cabelo vermelho, e que sempre que via um homem de cabelo vermelho ele sabia que aquele homem era parente dele, e sempre dizia essas coisas com prazer e orgulho e não com ironia ou amargura ou tristeza pelo rastro de miséria que esse bêbado da Escócia havia deixado em seu encalço.

Eu não tinha cabelo vermelho, não era homem.

A mãe permaneceu para ele sem feições nítidas, embora deva ter remendado suas roupas, preparado sua comida, cuidado de suas feridas de menino, fomentado suas ambições, confortado suas angústias; essas são as coisas que eu gostaria que minha mãe tivesse feito, se eu tivesse uma. John Richardson acabou desaparecido em um temporal no mar, um acontecimento conveniente, pois eu não ficaria surpresa se soubesse que ele tinha afinal voltado para a Escócia, onde tinha mais filhos, todos eles meninos de cabelo vermelho de uma textura diferente. Mary morreu não muito depois, talvez de desgosto, talvez não. Meu pai não compareceu ao funeral, ele era policial em St. Kitts e já estava a caminho de estabelecer sua pequena dinastia de meninos de cabelos vermelhos; ainda não havia se casado. Era alto, e segundo um padrão que não o meu era considerado muito bonito; todas as roupas que usava lhe caíam bem; ficava muito bem de uniforme, ficava muito bem no terno de linho com que ia à igreja aos domingos; era um homem vaidoso, tão vaidoso que havia se adestrado para não lançar olhares furtivos para o próprio reflexo em público; acredito que ele tenha passado muito tempo no quarto com a porta trancada ensaiando várias poses que faria em público, enquanto a família achava que estava preparando a lição para a escola dominical; era um homem ambicioso, gostava de fazer as coisas bem e não gostava que seus esforços passassem despercebidos. Nunca levava dinheiro no bolso, nunca se cercava de dinheiro de verdade, mas isso não era muito diferente de se adestrar para não olhar o próprio reflexo em público: ser visto com dinheiro era revelar o quanto o amava, e amava um quarto de penny mais do que amava um penny e amava um penny mais do que amava um xelim e amava um xelim mais do que amava uma libra, e isso só pareceria loucura para quem não entendesse de dinheiro ou de amor, uma pessoa como eu; mas meu pai, que não entendia o amor quando aplicado a uma pessoa, só o amor quando aplicado ao dinheiro, entendia que era nas pequenas partes de uma coisa que sua verdadeira totalidade se revelava, era nas pequenas partes de uma coisa que residia sua verdadeira beleza. Sabia que cada libra era feita de 960 quartos de penny e que 960 quartos de penny espalhados pelo chão de um cômodo vazio são hipnotizantes, encantadores, e vistos pela pessoa certa são o alicerce sobre o qual mundos são construídos. Ele era cruel sobretudo com crianças e pessoas em situação mais vulnerável que ele; não era covarde, só nunca tinha sentido raiva de verdade de alguém mais poderoso que ele. Parecia encarar sua vida, ele mesmo, tudo o que o rodeava, com humor; tinha um sorriso nos lábios o tempo todo quando estava em público, mas era voltado para dentro, não para fora; esse sorriso também servia a outro propósito e talvez não fosse esse seu intuito: fazia as pessoas menos poderosas que ele hesitarem em abordá-lo e fazia as pessoas mais poderosas que ele se sentirem à vontade para abordá-lo; e no entanto o sorriso era um disfarce, algo que ele se obrigava a fazer em público; ele se obrigava a sorrir com a mesma determinação com que se obrigava a não olhar seu reflexo; era para mascarar tudo o que sentia por seus companheiros, e nada do que sentia era bom. Nunca consegui gostar do meu pai; talvez o amasse, mas não era capaz de assumir. Eu não gostava dele. Dentro do meu pai, o homem escocês e o povo africano se encontravam; não sei como ele se sentia quanto a isso; não sei se essa era uma das coisas nas quais pensava quando se sentava em um cômodo de sua casa, um cômodo com vista para o mar, o mar negro de Dominica, o mar que era uma tumba, e sua história que era formada por homem e povo estava encerrada ali. Essa situação poderia tê-lo paralisado ao pensar no que ser, homem ou povo; sua pele, que era da cor da corrupção: cobre, ouro, minério (muito embora se o amasse eu teria me compadecido dele, a teria descrito como cor de pão, o alimento básico da vida), fazia com que se parecesse mais com o vencedor (o homem escocês) do que com o derrotado (o povo africano), mas isso não era razão para escolher um e não o outro. Meu pai rejeitou as complicações dos derrotados; optou pela tranquilidade dos vencedores. Nos derrotados, caso tivesse procurado, poderia ter sentido o vazio que todos os seres humanos enfrentam dia após dia, um vazio que esperam preencher e às vezes conseguem preencher, mas quase sempre não; e essas pessoas, esse povo africano no qual poderia ter encontrado metade de si — elas também, sendo humanas, teriam sentido o vazio e tentado preenchê-lo com as coisas habituais: o tempo dividido em anos, meses, dias ou algo assim. Elas também teriam transformado o que era comum em fetiche: a pele externa do pênis, a membrana fina na abertura da vagina; elas também teriam feito coisas, utensílios a partir de vários materiais, em vários formatos, para vários usos; elas também teriam observado algum acontecimento violento na natureza — a terra se rompendo, mares onde antes existia terra firme, escuridão onde havia luz — e teriam encontrado neles promessas de algum tipo, formas de viver, rituais e uma sensação de singularidade, pois teriam sido poupadas; e elas também teriam tido mitos sobre começos e mitos sobre fins. O vazio é o caos do qual se salvaram e a partir do qual deram ordem a suas vidas, daqui até ali e de volta, desse jeito. E foi dessa vida que esse povo foi arrancado pelo homem escocês ou outro homem com uma nacionalidade que não pode existir apenas como homem, só como uma nação.

Do lado de fora, fora do meu pai, fora da ilha onde ele havia nascido, fora da ilha em que agora vivia, o mundo seguia seu caminho, cada acontecimento grandioso um ensaio do futuro, cada acontecimento grandioso uma recapitulação do passado; mas dentro, dentro do meu pai (e também dentro da ilha onde ele havia nascido, dentro da ilha em que agora vivia), um acontecimento que havia ocorrido centenas de anos antes, o encontro de homem e povo, prosseguiu em um curso tão sutil a ponto de se tornar uma expressão genuína de sua personalidade, se tornar o que ele era de fato; e ele passou a desprezar todos os que se comportavam como o povo africano: não todos os que aparentavam fazer parte dele, somente aqueles que se comportavam como tal, todos os derrotados, condenados, subjugados, pobres, doentes, de cabeça baixa, a mente obscurecida pela crueldade. E acreditava estar sendo ele mesmo quando um dia um homem chamado Lazarus, um coveiro, foi lhe pedir pregos para reconstruir o telhado de casa; sua casa era uma pequena estrutura de pinho pintada de vermelho e amarelo e tinha sido destruída por um furacão dois anos antes; meu pai era a maior autoridade do governo em Mahaut na época, recebia do governo colonial diversas coisas para distribuir às pessoas mais necessitadas sempre que havia um desastre; no caso do furacão, haviam lhe dado materiais de construção de qualidade não muito boa. Meu pai dispôs de algumas das coisas da forma certa, doando-as aos necessitados, mas apenas o suficiente para não causar escândalo; o resto ele vendeu, e quanto mais incapaz a pessoa era de pagar, quanto mais necessitada, mais ele cobrava. Lazarus era uma pessoa dessas, mais incapaz de pagar e mais necessitada; nele também o acontecimento do povo africano se encontrando com o homem com nacionalidade tinha adquirido tamanha sutileza que qualquer forma que escolhesse para se expressar era apenas um lembrete disso: para ele, uma canção alegre falaria somente da ideia de liberdade, não de um dia deitado na areia perto do mar, de um prazer inconsequente. Então, quando Lazarus pediu os pregos ao meu pai para finalizar o telhado da casa, dentro do meu pai a batalha entre o homem com nacionalidade e a horda havia sido resolvida fazia muito tempo, o homem com nacionalidade havia triunfado como antes e meu pai disse a Lazarus que não tinha lhe restado prego algum. Eu tinha dez anos na época; não conhecia minha mãe, ela havia morrido no momento em que saí dela, conhecia apenas o meu pai. Eu não o entendia; adorava olhar para ele de uma curta distância, de onde ele não conseguia me ver olhando para ele, o cabelo vermelho brilhando ao sol; adorava olhar para ele quando usava o uniforme de gala com calça de sarja azul-marinho e paletó de sarja de algodão branco com botões dourados, o uniforme que usava no desfile que celebrava o aniversário do rei da Inglaterra. Mas naquele momento em que negou os pregos a Lazarus ele começou a se tornar real, não apenas o meu pai, mas quem devia ser de verdade. Eu sabia que ele tinha um enorme barril de pregos e outras coisas num barracão nos fundos de casa, por isso, com ingenuidade, acreditando que ele havia se esquecido completamente, eu o lembrei daquilo, falei do barril cheio de pregos, disse onde estava o barril, como era o barril, como eram os pregos, como estavam empilhados os pregos dentro do barril — congelados, reluzentes. Ele negou novamente ter algum prego. O som de sua voz não era uma novidade; eu apenas o estava escutando pela primeira vez. Não fez com que nada dentro de mim se despedaçasse, não foi repentino, não foi inesperado, embora tampouco fosse esperado — foi natural, um fato reconhecido, como a irregularidade da altura das montanhas, ou o azul do céu, ou a lua. Esse era o meu pai, o homem que eu conhecia desde sempre, só que havia mais nele.

Depois que Lazarus foi embora, sem os pregos que fora buscar, sem os pregos de que precisava, meu pai me segurou pela parte de trás da gola do vestido e me arrastou casa afora até o barracão onde ficava o barril de pregos, e enfiou minha cara no barril de pregos, dizendo ao mesmo tempo no patoá francês, "Agora você já sabe onde estão os pregos, agora você sabe de verdade onde estão os pregos". Falava em patoá, francês ou inglês, apenas com a família ou com pessoas que o conheciam desde menino, e eu associava o fato de ele falar patoá com manifestações de sua personalidade verdadeira, e então sabia que essa dor que ele estava me causando, esse ato de me sufocar no barril de pregos, era um sentimento genuíno. Ele empurrou minha cabeça uma última vez e me largou rapidamente. Foi se sentar no cômodo com vista para o mar, o cômodo sem propósito real, de tão infrequente que era seu uso; a superfície do mar estava calma, e enquanto a olhava ele tirava cera do ouvido e a comia.

E no que o meu pai poderia estar pensando, sentado naquele quarto, sentado em uma poltrona que era uma cópia de uma poltrona vista num quadro que retratava a sala de estar de um inglês horroroso, uma poltrona copiada pelas mãos de alguém de quem sem dúvida ele havia tirado vantagem? No que poderia estar pensando ao olhar para o mar, a superfície às vezes ondulando, a superfície às vezes imóvel? Um ser humano, uma pessoa, muitas pessoas, um povo, diz que seus arredores, o entorno físico, forma sua consciência, sua personalidade; levantam todo dia de manhã e olham para as colinas verdes, despenhadeiros brancos, montanhas prateadas, campos de grãos dourados, rios de água azul cintilante, e na beleza disso — e é belo, é impossível não acharem belo — invisivelmente, magicamente, vencem a distância existente entre eles e a beleza que veem, e se sentem parte dela, tiram forças dela, são inspirados por ela a cantar músicas, a compor versos; eles se inventam e se reinventam e são inspirados (de novo), mas dessa vez a cometer pequenos atos, pequenas proezas, e por fim atos grandiosos, proezas grandiosas, e cada sucesso traz uma validação à ideia original, à sensação original, o encontro de povo e lugar, você e seu lugar de origem não são um encontro fortuito; é algo que ultrapassa o destino, é algo tão predestinado que não existem palavras. Para o meu pai, o mar, o imenso e belo mar, às vezes uma lâmina azul cintilante, às vezes uma lâmina cinza cintilante, não poderia conter tamanha opulência de inspiração, não poderia conter tamanha abundância de conforto, não poderia conter nada que fosse bom; sua beleza lhe passava despercebida, em branco; olhar para ela, vê-la, era ser lembrado ao mesmo tempo do desespero do vencedor e do desespero do derrotado; pois o vazio da conquista não se extingue no conquistador, sendo ele confrontado com o desejo interminável de mais e mais e mais, até que apenas a morte cale esse desejo; e o poço sem fundo de dor e angústia que os vencidos vivem — vingança nenhuma consegue saciar ou apagar a perpetração de uma grande injustiça. E como no meu pai existiam ao mesmo tempo o vitorioso e o derrotado, o perpetrador e a vítima, ele escolhia, o que não causava nenhuma surpresa, o manto do primeiro, sempre o primeiro; isso não significa que travava uma guerra consigo mesmo; significava apenas que se mostrava um ser humano comum, pois somente os santos entre nós não escolheriam estar ao lado das pessoas de cabeça erguida, não de cabeça baixa, e até os santos sabem que no fim dos fins estarão entre os de cabeça erguida.

Os insensíveis, os céticos, os incrédulos dirão, talvez em um momento livre de solenidade, talvez no momento em que vejam em um lampejo ofuscante o mundo acabar e se negar a começar outra vez, que a vida é um jogo: um jogo que o melhor vence, um jogo que o pior perde: um jogo em que vencer é ganhar tudo e perder é não conseguir nada, ou um jogo de dança das cadeiras em que, quando a música para, vencer é se sentar e nunca dar um lugar ao perdedor, condenado a ficar de pé para sempre. Não é preciso nem dizer que estar entre os insensíveis, os céticos, os incrédulos é estar entre os vencedores, pois os que perderam nunca se acostumam com a perda; sentem-na profundamente, sempre, até a eternidade. Ninguém que perde ousa duvidar, duvidar de verdade, da bondade humana; para quem perdeu, o último fôlego é um suspiro, "Ai, meu Deus". Sempre.

Não foi sem compreensão, não foi sem certa piedade, que observei meu pai. Quando ele era menino — uma ideia, uma realidade que eu às vezes achava difícil de aceitar: ele suave, necessitado de carinhos ou de alívio de febres violentas, joelhos e cotovelos machucados, necessitado de apoio quando sua força de menino se enfraquecia e vacilava, necessitado de outro apoio: o sol voltará a nascer, a maré voltará a baixar, a chuva passará, o giro da terra não pode ser parado (eu só conseguia acreditar nessa realidade cegamente, já que essa condição não seria incomum, mas ele havia construído tão perfeitamente outra pele em cima da pele de verdade, uma pele invisível aos olhos mas tão real quanto a carapaça protetora de uma tartaruga ou o escudo de um guerreiro) — quando meu pai era menino, ganhou um ovo de uma vizinha da mãe e do pai. Era um presente de agradecimento dado por essa mulher porque meu pai havia sido muito gentil com ela — ela era idosa e morava sozinha, e ele às vezes fazia pequenas tarefas sem que ela pedisse e sem esperar agradecimentos — e quando ela lhe deu o ovo — ela tinha três galinhas, um galo e um porco, viviam em seu quintal, perto da latrina, as aves dormiam na árvore que crescia sobre ela — ele ficou surpreso, jamais esperara agradecimentos, e aceitou o ovo — era marrom com pintinhas marrons mais escuras espalhadas por toda a superfície — e não fez uma omelete ou qualquer outro prato com ele, mas o pôs embaixo de uma galinha, outra galinha que era de sua mãe, para deixá-lo com os outros ovos, e quando todos foram chocados declarou que um dos pintinhos era dele. O pintinho virou galinha e botava ovos e esses ovos eram chocados e se tornavam galinhas e essas galinhas botavam ovos e assim por diante, um ciclo infinito interrompido apenas pela venda de alguns ovos e algumas galinhas, e com os vinte e cinco centavos, cinquenta centavos e moedas inteiras que rendiam de trocas e lucro. Depois disso, nunca mais comeu ovos (não enquanto o conheci); nunca mais comeu um frango (não enquanto o conheci), apenas juntando o cobre vermelho reluzente do dinheiro e lustrando-o para que brilhasse e dando-o à mãe, que o colocava em uma meia velha e a guardava no peito acordada e dormindo. Quando o pai dele estava voltando à Escócia para fazer uma visita naquela viagem, aquela que diziam ter sido encerrada com afogamentos no mar, meu pai deu ao pai os ganhos que haviam começado com o primeiro ovo: um presente; havia se tornado uma soma enorme, suficiente para comprar tecido, tecido inglês, para fazer um terno que usaria somente aos domingos. Mas meu pai nunca mais viu o pai, meu pai nunca mais viu o dinheiro, e pode ser que tenha passado o resto da vida tentando encontrar e caber naquele primeiro terno em que tinha se imaginado tantas vezes — apesar de não saber que era isso o que estava fazendo, creio eu — e sua vida inteira talvez tenha sido uma sequência de recompensas que nunca conseguia aproveitar, apesar de ele não perceber.

"Era um dia lindo, um dia tão bonito que os resquícios ficaram marcados para sempre na minha memória", meu pai me disse, contando do dia em que o pai embarcou no navio que iria à Escócia; ele nunca chegou ao destino, e portanto essa imagem que começava à luz do sol terminava na escuridão da água fria, e o rosto do meu pai, a existência do meu pai, era a tela onde era pintada. Eu era uma menininha de oito anos quando ele me contou esse detalhe importante de sua vida, a mesma idade que ele tinha quando soube que nunca mais veria o pai. Eu não era robusta fisicamente, minha voz era fraca, eu era menina, falava com ele apenas em inglês, inglês correto. Ele estava sentado em uma cadeira feita de madeira encontrada na Índia, e os braços da cadeira terminavam na forma da pata fechada de um animal cujo nome eu não sabia, o que também acontecia com as duas pernas da frente, e eu me sentei diante dele, no chão que havia sido lustrado na véspera, e segurei com força a saia do vestido branco de popelina que estava usando, e a popelina também era de algum lugar distante, o cômodo onde estávamos era aquele que não servia a nenhum propósito específico. O rosto dele, ao falar da última vez que tinha visto o pai, se transformara em uma série de referências geométricas, linhas regulares e irregulares, ângulos agudos e suaves, as superfícies rasas sob as bochechas ficando mais cheias e arredondadas; ele parecia o menino que tinha sido, sem dúvida parecia o menino que imaginava ter sido, e sua voz ficou fluida e macia, dourada, como se falasse de outra pessoa, não dele mesmo, alguém que tivesse conhecido muito bem, não ele mesmo, e que tivesse amado muito, tampouco ele mesmo. O pai embarcou em um navio chamado *John Hawkins*, mas o nome desse pirata infame não foi o que tornou o rosto do meu pai sombrio, maculado, criminoso, não foi ele quem fez a luz se apagar nos olhos daquele menininho.

Será que meu pai perguntava para si mesmo, "Quem sou eu, quem sou eu?", não como um lamento vindo do buraco escuro do desespero, mas como um sinal de que vez por outra era afligido pela curiosidade ingênua dos tolos? Eu não sei; não tenho como saber. Ele se conhecia? Se a resposta é sim, ou se a resposta é sim mas não totalmente, ou se a resposta é sim mas de forma muito limitada, ele deve ter tido prazeres secretos equivalentes à altura do conhecimento que tinha de si mesmo; mas eu não sei, eu não sei a resposta. Eu não o conhecia, era meu pai mas eu não o conhecia; tudo o que digo sobre ele é apenas minha observação, apenas minha opinião, e é provável que essa seja uma questão vergonhosa para todas as crianças — era para mim —, que a pessoa que era uma das duas fontes da minha existência me fosse desconhecida, não um enigma, apenas desconhecida.

Da primeira vez que meu pai passou a mão na pele da minha mãe — a pele do rosto, a pele das pernas, a pele entre as pernas, a pele dos braços, a pele das axilas, a pele das costas, a pele abaixo das costas, a pele dos seios, a pele abaixo dos seios — não teria associado a textura ao cetim ou à seda, pois nenhuma preciosidade e beleza extraordinárias lhe haviam sido atribuídas; a cor de sua pele — marrom, o laranja intenso de um poente antigo — não era resultado de um encontro fatídico entre conquistador e derrotado, tristeza e desespero, vaidade e humilhação; apenas existia, um fato imperturbável: ela era do povo caraíba. Ele não teria perguntado, Quem é o povo caraíba?, ou, mais precisamente, Quem *era* o povo caraíba?, pois ele já não existia, estava extinto, só havia algumas centenas ainda vivos, minha mãe era um deles, eram os últimos sobreviventes. Eram como fósseis vivos, o lugar deles era no museu, numa prateleira, encerrados em um mostruário de vidro. Que esse povo, o povo da minha mãe, se equilibrasse precariamente na crista da eternidade, esperando ser engolido no grande bocejo do nada, não havia dúvida, mas a parte mais amarga era que não se devesse a uma falha dele o fato de ter perdido, e perdido da maneira mais extrema; tinham perdido não só o direito de serem eles mesmos, tinham se perdido. Essa era a minha mãe. Ela era alta (é o que me dizem — não a conheci, ela morreu no momento em que nasci); o cabelo era preto, os dedos eram compridos, as pernas eram compridas, os pés eram compridos e estreitos com um dorso alto, o rosto era magro e ossudo, o queixo era fino, as maçãs eram altas e largas, os lábios eram finos e largos, o corpo era magro e comprido; seus passos tinham uma graça natural; ela não falava muito. Talvez nunca tenha dito nada muito importante, ninguém nunca me falou; não sei que língua falava; se um dia disse ao meu pai que o amava, não sei em que língua disse isso. Não a conheci: ela morreu no momento em que nasci. Nunca vi seu rosto, e mesmo quando ela aparecia para mim em sonhos eu nunca o via, só via seus calcanhares, seus pés, descendo a escada, os pés descalços, descendo, e eu sempre acordava antes de vê-la subindo de novo.

 Quando minha mãe nasceu (foi o que me disseram), a mãe dela a embrulhou em pedaços de pano limpos e a colocou à porta de um lugar onde freiras da França viviam; elas a criaram, batizaram-na como uma cristã e exigiram que fosse uma pessoa quieta, tímida, resignada, crédula, recatada, que desejasse morrer logo. Ela se tornou essa pessoa. O apego, espiritual e físico, que dizem que uma mãe tem por seu bebê, a confusão de quem é quem, carne com carne, aquela inseparabilidade que dizem existir entre mãe e bebê — tudo isso estava ausente entre minha mãe e a mãe dela. Como explicar esse abandono, que criança é capaz de entendê-lo? O apego, físico e espiritual, aquela confusão de quem é quem, carne com carne, que inexistia entre minha mãe e a mãe dela tampouco existiu entre mim e minha mãe, pois ela morreu no momento em que nasci, e embora possa ter a sensatez de dizer a mim mesma que não se pode evitar uma coisa dessas — pois quem pode evitar a morte —, de novo, como uma criança é capaz de entender essa situação, um abandono tão profundo? Eu me neguei a ter filhos.

E como pode ter sido sua vida de criança com essas pessoas — pois não poderia haver nenhuma alegria, nenhum momento de puro lazer em que pudesse ser a rainha imaginária de um país imaginário com um exército imaginário para conquistar povos imaginários, essas coisas cabendo apenas a uma mente livre da aspereza da vida, como a mente de uma criança deveria ser. Ela usava um vestido feito de nanquim, um vestido largo, uma mortalha; cobria seus braços, joelhos, caía até os tornozelos. Usava um pedaço de pano igual na cabeça, que cobria seu lindo cabelo por completo.

Quando meu pai a viu pela primeira vez? É possível que a tenha visto pela primeira vez em uma manhã clara mas enevoada de Dominica (isso existe), vindo em sua direção pela trilha estreita que serpenteia (a estrada) o contorno da ilha (um enorme bloco que se projeta do mar ainda maior), uma trouxa em cima da cabeça, e sem dúvida, para ele, a beleza dela não estava na estrutura de seu rosto, na agilidade de seu corpo (eu não sei, só posso imaginar), na inteligência que pudesse perceber pela expressão em seu rosto; não, estaria na tristeza, na fragilidade, na perda-antiga, na desintegração de suas linhas ancestrais, na melancolia, na falsa humildade que na verdade era derrota. Naquela época ele já não era apenas um braço direito comum, baixo, vulgar; àquela altura usava uniforme e talvez tivesse uma faixa ou alguma outra marca que mostrasse que ele havia sido devidamente cruel e inclemente com gente que não merecia. Àquela altura ele já havia ido de ilha em ilha e engravidado mulheres cujos nomes não se lembrava, se tornado pai de crianças cujos nomes nunca soube. Deve ter sentido, ao vê-la, a necessidade de se fixar em um lugar. Minha pobre mãe! Mas dizer que me entristece não a ter conhecido seria mentira; só me entristece saber que uma vida como a sua teve que existir. Todos os dias a questão de viver ou morrer, o que fazer, deve ter passado pela cabeça dela. Cortejar essa mulher não deve ter exigido muito da imaginação dele. Casaram-se em uma igreja de Roseau e um ano depois ela já estava enterrada em seu cemitério. As pessoas dizem que ele sofreu a perda, a perda da única mulher com quem se casara; as pessoas dizem que ele ficou desesperado; as pessoas dizem que ele não prezava a vida então; as pessoas dizem que ele foi dominado por uma enorme tristeza e que isso o levou a uma profunda devoção a Deus e ele se tornou diácono da igreja. As pessoas dizem isso, as pessoas dizem essas coisas, mas as pessoas não podem dizer que por causa do próprio sofrimento ele se identificou e teve empatia com o sofrimento dos outros; as pessoas não podem dizer que essa perda o tornou generoso, benevolente, sempre avesso a tirar proveito dos outros, que a bondade dele cresceu mais e mais, eclipsando por completo suas falhas, seus defeitos; as pessoas não podem dizer essas coisas porque não seria verdade.

E essa mulher cujo rosto nunca vi, nem mesmo em sonhos — o que ela pensava, que ideias cruzaram sua mente da primeira vez que viu esse homem? É possível que ele tenha parecido só mais uma força irresistível, a última de sua vida; é possível que o tenha amado apaixonadamente.

É triste que, a não ser que você nasça um deus, sua vida, desde o começo, seja um mistério. Você é concebido; você nasce: essas coisas são verdades, como poderiam não ser, mas você não sabe; só deve acreditar nelas, pois não existe outra explicação. Você é criança e acha o mundo imenso e redondo e precisa encontrar um lugar nele. Como fazer isso é outro mistério, e ninguém pode lhe dizer exatamente. Você se torna uma mulher, uma adulta. Contradizendo fortes evidências, contradizendo seu bom senso, você põe fé na constância das coisas, você confia na cotidianidade delas. Um dia você abre a porta, pisa no quintal, mas o chão não está mais lá e você cai em um buraco sem fundo e sem laterais e sem cor. O mistério do buraco no chão dá lugar ao mistério da sua queda; assim que se acostuma a cair eternamente, você para; e essa parada é outro mistério, pois por que você parou, não existe resposta para isso, assim como não existe resposta para por que você caiu. Quem é você é um mistério que ninguém pode responder, nem mesmo você. E por que não, por que não!

O presente é sempre perfeito. Não interessa o quanto fui feliz no passado, não tenho saudade dele. O presente é sempre o momento pelo qual vivo. Pelo futuro nunca anseio, venha ele ou não; um dia não virá. Mas ele não se avulta à minha frente, nunca vivo na expectativa. O futuro não é como o espaço negro acima do céu, com uma faísca intermitente de luz; parece mais um cômodo sem teto ou chão ou paredes, é o presente que lhe dá formato, é o presente que o circunda. O passado é um cômodo cheio de bagagem e lixo e às vezes coisas que têm utilidade, mas se têm utilidade de fato eu as guardei.

Me casei com um homem que não amava, mas não teria me casado com um homem que amasse. Me casei com o amigo do meu pai, um homem chamado Philip Bailey, um homem formado para curar os doentes, e nisso seria bem-sucedido de vez em quando, mas ainda assim apenas temporariamente, pois todo mundo, em todos os lugares, acaba sucumbindo à quietude irresistível que é a morte. Ele me amou e depois me desejou e depois morreu. Morreu um homem solitário, longe do lugar onde havia nascido, longe de tudo que o sustentou quando criança, longe de uma mulher que deve tê-lo amado, a primeira esposa. Ela já era falecida quando ele se casou comigo. Os amigos o abandonaram, pois perceberam que seus sentimentos por mim eram genuínos, e que ele me amava. Não foram ao nosso casamento. Depois que nos casamos, nos mudamos para bem longe, para as montanhas, para a terra onde minha mãe e o povo dela haviam nascido.

Quando me casei, meu útero já havia secado, murchado como uma verdura velha que ficou tempo demais ao ar livre. As outras partes do meu corpo também estavam secando; minha pele não se enrugava exatamente, mas a umidade dela parecia evaporar. Nunca parei de me observar, e vi que aquilo que eu havia perdido em atrativos físicos ou beleza eu havia ganhado em personalidade. Estava escrito por todo o meu corpo; eu não deixava de despertar a curiosidade de ninguém que fosse capaz de tê-la. Fui falada, fui julgada e condenada. Fui amada e fui odiada. Agora estava acima de tudo isso, tudo isso estava aos meus pés. Diziam que eu tinha envenenado a primeira esposa do meu marido, mas não tinha; tinha apenas ficado por perto e acompanhado enquanto ela se envenenava todo dia e não tentei impedi-la. Ela havia descoberto — eu tinha lhe apresentado a descoberta — que as flores brancas e grandes de uma erva lindíssima, quando secas e bebidas como chá, davam uma sensação de bem-estar e induziam alucinações agradáveis. Eu tinha conhecido essa planta em uma das minhas várias perambulações enquanto libertava meu útero dos fardos que eu não queria que carregasse, fardos que eu não queria carregar, fardos que eram consequências do prazer, não consequências da verdade; mas no mais essa planta não me era útil porque eu não precisava da sensação de bem-estar, não precisava de alucinações agradáveis. Com o tempo, a necessidade que ela sentia desse chá foi crescendo, e ele foi deixando sua pele preta antes de morrer. Ela tinha vivido entre pessoas cujas peles eram dessa cor durante boa parte da vida, e por essa exata razão e somente essa razão ela as desprezava; não sabia nada a respeito delas, a não ser que a capa protetora da casca delas, da pele delas, era da cor preta, e ela não gostou, mas foi dessa cor que ela ficou antes de morrer, preta, e talvez gostasse ou talvez não, mas não importa, ela morreu mesmo assim. Por vezes me comovi com seu sofrimento, pois ela sofreu, e por vezes não me comovi. Antes de cair em seu devaneio final, ela exigiu e exigiu, e todas as exigências eram baseadas em quem ela pensava ser, e a pessoa que ela pensava ser era baseada em seu país de origem, a Inglaterra. As complicações de quem imaginava ser lhe passavam despercebidas; ela não era muito diferente da minha irmã Elizabeth. A esposa do meu marido, esse ser humano frágil, extraía sua visão de quem era do poder de seu país de origem, um país que na época de seu nascimento tinha a capacidade de decidir a existência de um quarto da população humana em todo o mundo, e em sua mente pequena ela acreditava que essa situação não era apenas um destino, mas algo eterno, sem nenhuma noção das limitações de sua própria pessoa ou alguma compaixão pela própria fragilidade. Ela se imaginava alguém com valores e modos e uma certeza firme sobre o mundo, como se não pudesse haver nada de novo, como se as coisas tivessem parado, como se com a chegada dela e de sua classe a vida tivesse alcançado tamanha perfeição que tudo o mais, tudo o que fosse diferente dela, devesse simplesmente se deitar e morrer. Era ela quem iria se deitar e morrer; tudo o mais seguiu em frente, e um dia também se deitaria e morreria, mas algo mais indescritível do que a vaidade, algo além do medo, talvez a ignorância, fazia com que ela acreditasse que o mundo que conhecia era perfeito. Mas ela morreu e virou pó, ou terra, ou o vento, ou o mar, ou o que quer que seja que todos viremos depois de morrer.

Meu pai também morreu, não muito depois que me casei com o amigo dele. O que os tornava amigos? Meu pai admirava o jardim de Philip, onde ele cultivava frutas de várias regiões tropicais do mundo, só que as forçando a ter tamanhos que não tinham normalmente; às vezes as obrigava a serem maiores, às vezes as obrigava a serem miniaturas. Philip era uma daquelas pessoas irrequietas incapazes de deixar o mundo em paz, incapazes de observar alguma coisa por muito tempo sem ficarem atormentadas por sua existência; o silêncio é estranho para elas. Meu pai também tinha uma mente agitada, mas o destino, o ato da conquista, o levou a se conter. Só lhe restava observar esse homem, Philip, e vê-lo cultivar mangas do tamanho da cabeça de um adulto, mas a fruta era insossa, só era bonita de se ver; ele então passava muito tempo tentando tornar esse alimento agradável às papilas gustativas. Nunca soube se Philip conseguiu; nunca comi nada do que ele cultivou.

Meu pai demorou muito a morrer. Sentiu muita dor e seu sofrimento quase me fez acreditar em justiça, mas só quase, pois existem muitos erros que nunca podem ser corrigidos, o passado no mundo que conheço é irreversível. Não se importava de morrer, ele disse. Era muito comovente o modo como falava do mundo dos agonizantes e do mundo da morte, e era muito comovente o modo como falava da vida que havia tido. Eu não reconhecia a vida que ele havia tido quando ele falava dela; tampouco me comovi. A vida dele, é claro, lhe parecia esplêndida; se não fosse, ele teria se perdoado por meio de uma demonstração de arrependimento, uma exibição de boas ações. Todas as pessoas de quem havia roubado bens materiais estavam mortas ou quase; todas as pessoas que haviam lhe roubado bens materiais, que haviam frustrado suas tentativas de se tornar um ser humano, estavam mortas ou morreriam mais cedo ou mais tarde. Porém, enquanto agonizava, ele via o enorme volume de terras que tinha adquirido, cada centímetro de solo vulcânico fértil coberto por alguma plantação valiosa: café, baunilha, toranjeiras, pés de limão-galego, limoeiros, bananas. Ele tinha várias casas em Roseau, e no final de cada mês um homem meio morto — pois meu pai, perto do fim da vida, tinha os próprios capangas e subordinados que trabalhavam para ele — lhe trazia o aluguel coletado dos inquilinos que às vezes não tinham o que comer. Ele morreu rico e não acreditava que isso o impediria de cruzar os portões do lugar que chamava de paraíso.

Senti saudade dele quando morreu, e antes de ele morrer eu sabia que seria assim. Queria não ter saudade, mas ainda assim tive. Eu não conhecera minha mãe, e no entanto meu amor por ela a seguiu até a eternidade. Minha mãe morreu quando eu nasci, incapaz de se proteger em um mundo cruel além do que se pode imaginar, incapaz de me proteger. Meu pai pôde me proteger; mas não fez isso. Acredito que, na verdade, ele tenha me botado bem cedo na boca da morte. Como escapei, não consigo entender. Eu não amava meu pai, passei a amar não amar meu pai, e senti falta de sua presença, do irritante que era esse amor sem amor. Ele morreu. Vi a luz se apagar em seus olhos, vi o ar abandonar seu corpo, senti sua pele passar de quente a fria. Durante muito tempo, horas após sua morte, ele continuou igual a como era quando vivo, apenas ali, imóvel, e depois pareceu outra coisa, qualquer outra coisa, qualquer outra coisa quando morta. Ele foi aquietado; seu corpo foi aquietado, a mente foi aquietada. Foi nesse momento que eu soube que a morte era uma coisa de verdade; a morte da minha mãe, em comparação, não foi uma morte.

Escolhi a roupa com que meu pai foi enterrado; foi a roupa que ele usou no casamento da minha irmã, um terno branco feito de linho irlandês. Tive permissão para isso, para escolher a roupa, porque fazia tempo que sua esposa tinha perdido o interesse nele. Minha irmã me cedeu essa honra por conta da situação de superioridade em que meu casamento me deixara: Philip era da classe dos conquistadores. Ela ficara perplexa com isso, com minha conquista — era assim que ela via — e passou a me desprezar ainda mais. Que Philip fosse desprovido de energia e vida real, esgotado, cansado demais para sequer dar prazer a si mesmo, que eu não o amasse, nunca passou pela cabeça dela; nunca passou pela cabeça dela que meu casamento representasse uma espécie de tragédia, uma espécie de derrota, nada, entretanto, que fizesse o mundo hesitar em girar — nada disso passou pela cabeça dela.

Durante muitas horas após sua morte, meu pai parecia o mesmo; suas feições eram iguais a como eram quando eu o conheci: ele tinha um leve sorriso no rosto, os lábios estavam um pouco entreabertos, os olhos fechados quase se perdiam nas dobras de pele acima das bochechas, as orelhas grandes se erguiam e se distanciavam da cabeça, de uma forma esquisita para quem não gostasse da aparência que tinham, de uma forma encantadora para quem as admirasse. Eu adorava as orelhas do meu pai. Sua pele então, logo após a morte, tinha a cor de algo útil: utensílios de cozinha, copra, a terra, a cor do dia de manhã bem cedo, quando já não está mais escuro mas ainda não há luz. Horas depois que o último fôlego abandonou seu corpo, ele já se parecia com os mortos: anônimo, sem personalidade, sem individualidade. Quem não o conhecia não seria capaz de saber se sua vida era ilustre por atos bons ou ruins, atos de qualquer tipo. Ele se parecia com os mortos, não era capaz de dizer o próprio nome, não era capaz de contar a própria história, não era capaz de se defender; ele era desse mundo, o mundo dos mortos, um mundo além do silêncio; nada. Ao olhá-lo, senti uma enorme tristeza. Senti muita pena, pois ele estava morto; jamais voltaria a andar, jamais voltaria a falar. Todas as coisas que o haviam agradado, os frutos de suas más ações, já não tinham importância; seus atos eram como uma onda com seu efeito dominó, relevantes apenas para as pessoas na costa que não conseguiam evitar que seus pés se molhassem. E de novo, ao olhá-lo, ao vê-lo morto, me senti superior, me senti superior pelo fato de que estava viva e ele estava morto, e embora eu soubesse e acreditasse que a morte também era o meu destino, me sentia superior a ele, como se essa humilhação, a morte, jamais fosse acontecer comigo. Eu era uma criança então, mas você é uma criança até as pessoas que o trouxeram ao mundo morrerem; você continua uma criança até entender e acreditar que as pessoas que o trouxeram ao mundo morreram.

Meu pai foi enterrado. Não sei se ele acharia divertida a indiferença absoluta com que sua ausência foi sentida pelo mundo que deixou para trás.

Passei minha vida inteira vivendo no fim do mundo; foi assim quando nasci, pois minha mãe morreu quando nasci. Mas agora, com meu pai morto, eu estava vivendo à beira da eternidade, era como se essa característica da minha vida de repente saísse de sua natureza habitual, engastada com seu antigo significado. As duas pessoas de quem eu viera já não existiam. Eu não tinha permitido que ninguém viesse de mim. Um novo sentimento de solidão me dominou; fui agitada por um calor, depois fui paralisada por um frio profundo. Eu me acostumei a essa solidão, reconhecendo um dia que nela estavam as coisas que eu tinha perdido e as coisas que poderia ter tido mas havia recusado. Passei a amar meu pai, mas só quando estava morto, naquele momento em que ainda parecia ele mesmo mas era alguém que não podia mais causar danos, apenas alguém imóvel, morto; ele era como uma lembrança, não um retrato, só uma lembrança. E no entanto não se pode confiar em uma lembrança, pois muito da experiência do passado é determinada pela experiência do presente.

Para o meu casamento, usei um vestido de seda faille rosa. No pescoço, um colar de pérolas brutas que meu pai me dera, um colar que minha irmã e a mãe dela não queriam que eu tivesse; diziam que ele havia se perdido, mas no dia do meu casamento elas o enviaram a mim. Meu marido e eu não formávamos um casal feliz; estávamos muito sérios ao repetir os votos de lealdade até que a morte nos separasse. E o momento da nossa união mundana foi tão palpável, tão certo, que quase pudemos tocá-lo com a mão.

Minha irmã morreu. O marido dela morreu. A mãe dela morreu. Todas as pessoas que eu conhecia intimamente desde o começo da vida morreram. Eu deveria sentir falta da presença delas, mas não senti.

Nunca fui sentimental. Minha vida começou com um vasto panorama de possibilidades: em si, meu nascimento foi muito parecido com outros nascimentos; eu era nova, ainda não havia nada escrito nas páginas da minha vida, elas não tinham manchas, estavam tão limpas, tão lisas, tão novas. Se eu pudesse me ver então, talvez tivesse imaginado que meu futuro ocuparia volumes inteiros. Por que o mundo da aventura ficaria eternamente fechado para mim, a descoberta das montanhas, dos vastos mares, quilômetros e mais quilômetros de prados desertos, os céus, os paraísos, até a cruel subordinação dos outros? Por que grandes atos de transgressão deviam ser seguidos de uma redenção profunda, uma redenção de tal magnitude que tinha ao mesmo tempo o poder de levar minhas transgressões a revirarem meu estômago e se equipararem aos atos simples e ingênuos de uma criança? Esse era o caso do homem que traficava corpos humanos e compôs um hino, um hino tão famoso que os descendentes dos corpos humanos que ele havia traficado o entoavam na igreja aos domingos com um fervor e sinceridade que ele, o autor e transgressor, era incapaz de sentir. As profundezas do mal, seus resultados, eram claríssimos para mim: suas satisfações, suas recompensas, as sensações gloriosas, o louvor, o sentimento de exaltação e superioridade que o mal suscita quando tem êxito, a sensação de invencibilidade — eu havia visto isso tudo em primeira mão. Todas as estradas chegam ao fim, e todos os fins são iguais, desvanecendo até sumir; até um eco será silenciado em algum momento.

Sou parte dos vencidos, sou parte dos derrotados. O passado é um ponto fixo, o futuro é aberto; para mim, o futuro deve permanecer capaz de jogar luz sobre o passado para que na minha derrota haja a semente da minha grande vitória, na minha derrota haja o começo da minha grande vingança. Meu ímpeto é para o bem, meu bem é me servir. Não sou um povo, não sou uma nação. Só desejo de vez em quando tornar meus atos os atos de um povo, tornar meus atos os atos de uma nação.

Eu me casei com um homem que não amava. Não fiz isso por capricho, não fiz isso depois de um cálculo, mas esse casamento teve sua serventia. Ele me possibilitou fazer um romance da minha vida, me possibilitou pensar em todos os meus atos e em mim mesma com bondade na calada da noite, quando às vezes eu precisava disso. O romance é o refúgio dos derrotados; os derrotados precisam de canções para se apaziguarem, precisam de uma melodia doce para se apaziguarem, pois eles inteiros são uma ferida; precisam de uma cama macia onde dormir, pois quando estão acordados é um pesadelo, o sonho da noite é sua realidade. Eu me casei com um homem que não amava, mas essa palavra, "amor", essa ideia, o amor — o que poderia significar para mim, o que deveria significar para mim? Eu não sei, mas ainda assim eu o teria salvado, eu o teria salvado da morte, eu o teria salvado de uma morte que eu não tivesse autorizado, eu o teria salvado se ele um dia precisasse de salvação, contanto que essa salvação não fosse de mim mesma. Seria essa, então, uma forma de amor, um amor incompleto ou amor nenhum? Eu não saberia dizer. Acredito que minha vida inteira tenha sido desprovida de uma coisa dessas, de amor, do tipo de amor do qual se morre ou do tipo de amor que leva alguém a viver eternamente, e se não foi assim de fato nada me convence de que foi de outra maneira.

E esse homem com quem me casei era dos vitoriosos, e boa parte dele era essa situação, a situação do conquistador, que apenas por meio de um livro de história pode se recordar de uma época em que talvez tivesse sido outra coisa, uma coisa como eu, a vencida, a derrotada. Quando ele olhava para o céu à noite, ele estava fechado; assim como também estava o céu do meio da tarde, fechado; os mares estavam fechados, o chão onde ele andava estava fechado. Ele não tinha futuro, só tinha passado, ele vivia desse jeito; não era um passado pelo qual fosse o único responsável, era um passado que havia herdado. Ele não fazia objeções à sua herança; era boa, só que não trazia felicidade; e sua resposta a essa declaração seria a correta: O que pode trazer felicidade? No momento em que o conquistador faz essa pergunta, sua derrota é certa. Foi num momento desses na vida do meu marido que eu o conheci, o momento em que a derrota, a dele mesmo, a do povo de que vinha, era certa. Eu poderia dizer que ele me amava se eu precisasse ouvir que era amada, mas jamais direi isso. Como ele passou a viver para o som dos meus passos, muitas vezes eu andava sem fazer nenhum ruído; como ele adorava o som da minha voz, eu passava dias sem emitir uma palavra sequer; deixei que ele me tocasse muito depois de poder ser incitada pelo toque de quem quer que fosse.

Ele e eu vivíamos nesse feitiço, o feitiço da história. Eu vestia preto, a cor dos enlutados. Eu o vestia nas cores dos recém-nascidos,

dos inocentes, dos fracos, dos jovens: branco, azul-claro, amarelo-
-claro e tudo que tivesse desbotado; não eram as cores de bandeira
nenhuma. Todas as manhãs, as enormes montanhas cobertas de verde
perene nos encaravam de um lado, a enorme faixa de mar cinza nos
encarava do outro. O céu, a lua e as estrelas e o sol naquele mesmo
céu — nenhuma dessas coisas estava sob o feitiço da história, nem
dele, nem minha, nem de ninguém. Ah, fazer parte disso, fazer parte
de algo que extrapola a história, fazer parte de algo que possa negar o
gesto da mão humana, a batida do coração humano, a contemplação
dos olhos humanos, o desejo humano em si. E todos os dias ele caminhava pelos limites da terra onde vivia; sempre lhe parecia estranho,
esse chão em que havia passado a maior parte da vida. Ele tropeçava,
não conhecia seus contornos, a sensação nunca se tornou familiar para
ele; não havia nascido ali, só morreria ali e pedia para ser enterrado
virado para o leste, em direção à terra onde nascera; ele tropeçava ao
percorrer seus limites, chegando a um local onde o chão se dividira
em dois, um precipício, um abismo, mas até isso estava fechado para
ele, o abismo estava fechado para ele. Ao vê-lo observando a fenda na
terra, não senti pena; nenhum gesto que ele fizesse então, passando as
mãos pelo cabelo ralo, alisando o queixo, apertando os braços em torno
dos ombros ou do torso, nada disso me fazia considerar sua existência
inteira de um modo que tornasse seu sofrimento uma realidade para
mim. Eu era capaz disso, de tornar o sofrimento dele uma realidade
para mim, mas eu não me permitia fazê-lo.

Ele falava comigo, eu falava com ele; ele falava comigo em inglês,
eu falava com ele em patoá. Nós nos entendíamos muito melhor assim, falando com o outro na língua de nossos pensamentos. Quando
falava comigo, sua voz era suave, como se ele também quisesse escutar
o que estava dizendo. Sua voz era carinhosa, às vezes tinha o som de
um riacho com que você se deparasse de repente em um lugar do qual
nunca iria se esquecer. Quando eu era jovem, quando ele me viu pela
primeira vez, quando não sabia que minha presença em sua vida seria
permanente, ele gostava da forma como meus dentes brilhavam sob
qualquer tipo de luz forte, fazia o possível para que eu ficasse de boca
aberta; me fazia suspirar, me fazia falar, mas não conseguia me fazer
rir, não seria por ele que eu abriria minha boca de tanto rir. Vê-lo

comendo uma refeição era sempre um espetáculo repulsivo para mim, mas há tempos tinha aprendido a não me surpreender com isso, pois havia me dado conta de que muitas coisas que me lembravam de que ele também era humano e frágil faziam um enorme sentimento de raiva se avolumar dentro de mim; pois se ele também era humano, então não seriam todos os de quem ele viera humanos também, e o que isso significaria para mim e para todos de quem eu tinha vindo?

Ele não era um homem de sofisticações, um homem de realizações. Sabia de muitas coisas, mas não por experiência própria; sabia de coisas que eram uma destilação, uma condensação, das experiências de muitas pessoas, nenhuma das quais ele conhecia, mas eu não podia condená-lo por isso; quão estranho é acreditar nas crenças — e até morrer por essas crenças — que vieram de pessoas que você nunca poderia conhecer e jamais conhecerá? Ele era um herdeiro, e como todos os que são assim, a origem de sua herança era um fardo. Não era um homem ignorante, tinha senso de justiça, noção do que poderia ser certo e do que poderia ser errado. Era até mesmo um homem de certa coragem; poderia se condenar. Mas se condenar é se perdoar, e se perdoar pelas transgressões cometidas contra os outros não é um direito que alguém possa reivindicar.

Antes de sermos casados e pouco depois de nos casarmos, moramos na capital de Dominica, Roseau. Em lugares como Roseau, guerras são travadas, mas vitórias não existem, apenas empates, apenas os até-a-próxima. Nós nos mudamos de Roseau, em um estado de espírito, uma serenidade, que era quase divina, pois estava além da deliberação e além do impulso. Nos mudamos para um lugar bem acima de algumas montanhas, mas não no alto da montanha mais alta. Era um lugar de descanso. Estávamos cansados; estávamos cansados de ser nós mesmos, cansados de nossos legados. Ele me venerava, ele me amava; que eu não exigisse essas coisas só aumentava o sentimento que ele tinha por mim. Ele achava que eu o fazia se esquecer do passado; ele não tinha futuro, só queria estar no presente, todo dia era hoje, todo momento era este momento. Mas quem consegue de fato se esquecer do passado? Não o vitorioso, e não o derrotado, pois mesmo quando palavras são proibidas existem outras formas de trair a memória: o olhar desencontrado; o aceno que significa o exato oposto do olá amistoso ou do tchau amistoso. Ou se sentar em uma poltrona em um cômodo sozinho, acreditando-se sozinho, deixando que sua alma procure um lugar de descanso sem encontrar nenhum (pois isso não existe, só na morte, só no sono desprovido de sonhos) — essa verdade é registrada no rosto, na própria configuração do corpo.

Quem consegue esquecer? Esse homem com quem eu tinha vivido por tantos anos, e com quem viveria por muito tempo depois, reunia várias coisas ao seu redor. Na vida dele, em sua tradição, ele havia se convencido de certa verdade, e essa verdade era baseada na redução, que só sobrevivesse o que fosse considerado digno disso. Ele e todos os seus semelhantes haviam sobrevivido até então. Ele olhava para a terra onde vivia, tomava decisões, suas decisões se limitavam ao que o agradava, sua noção do que poderia ser belo, e então o que era belo. Ele limpou o terreno; nada que crescia ali lhe despertava interesse. A inflorescência, ele disse, não era importante; e a palavra "inflorescência" foi dita com autoridade, como se ele mesmo tivesse criado a inflorescência, o que me fez rir com tanto gosto que naquele momento perdi a consciência da minha própria existência. Ele pegou lâminas de vidro e, colando-as, fez caixas em que botou um lagarto, um caranguejo cujo habitat era a terra — não o mar, não ambos, somente a terra; em uma caixa feita de vidro ele botou uma tartaruga cujo habitat era a terra, não o mar, não ambos, somente a terra; em uma caixa feita de vidro ele botou rãzinha após rãzinha; elas morreram, congeladas naquela pose impassível natural das rãs, cujo propósito é confundir o inimigo. Ele fazia longas listas com o título Gênero, fazia longas listas com o título Espécie. De vez em quando, eu soltava o indivíduo que ele mantinha no cativeiro, substituindo-o por um semelhante, um igual: um lagarto era substituído por outro lagarto, um caranguejo era substituído por outro caranguejo, uma rã substituída por outra rã; eu nunca sabia se ele percebia o que eu havia feito. Ele tinha tanta certeza de que todas as coisas de que sabia eram corretas, não verdadeiras, mas corretas. A verdade o arruinaria, a verdade é sempre coalhada de incertezas.

E quando enfim virei uma órfã de fato, meu pai havia enfim morrido e morrido sem me conhecer, sem nunca ter falado comigo em uma língua na qual eu pudesse ter fé, uma língua na qual eu pudesse acreditar nas coisas que ele dizia — quando então virei uma órfã de fato, a realidade da minha solidão no mundo, de como me tornaria ainda mais só, me conferiu um ar de paz. Minha vida inteira até ali, todos os setenta anos, eu tivera pavor do momento em que ficaria sozinha; as duas pessoas das quais eu viera, as duas pessoas que haviam me feito, mortas; mas então uma enorme paz me envolveu, um sossego que não era silêncio nem aceitação, apenas uma sensação de paz, uma determinação. Estava sozinha e não tinha medo, aceitei isso como havia aceitado todas as coisas que para mim eram verdade: minhas duas mãos, meus dois olhos, meus dois pés, minhas duas orelhas, todos os meus sentidos, tudo o que podia ser sabido sobre mim, tudo o que eu não sabia. Que eu estava sozinha era agora uma verdade. Esse fato não tinha uma cláusula adicional, um asterisco metafórico não fazia parte dessa declaração. Não havia aparte. Eu estava sozinha no mundo.

O homem com quem eu era casada, meu marido, também estava sozinho, mas ele não aceitava, não tinha forças para aceitar. Ele se valia do barulho do mundo em que havia nascido, das conquistas, da perturbação vitoriosa de mundos alheios, de povos cujas realidades ele e as pessoas de quem viera eram incapazes de entender, então em vez de abaixar a cabeça diante do que não podia ser compreendido levantaram a cabeça e cometeram assassinatos. Ele agora se ocupava dos mortos, organizando, desorganizando, reorganizando os livros nas prateleiras, volumes de história, geografia, ciência, filosofia, especulações: nada que pudesse lhe trazer paz. Ele agora vivia em um mundo cuja língua não conseguia falar. Eu o mediava, o traduzia para ele. Nem sempre lhe dizia a verdade, nem sempre lhe dizia tudo. Bloqueei sua entrada no mundo em que vivia; aos poucos, bloqueei sua entrada em todos os mundos que passara a conhecer. Ele se tornou todos os filhos que não permiti que nascessem, alguns cujo pai era ele, alguns cujos pais eram outros. Eu também acompanharia seu fim. Dei-lhe um enterro respeitoso e doce, embora isso não tivesse importância para ele. O que faz o mundo girar? Ele nunca precisou de uma resposta para essa pergunta.

Será que tanta tristeza unia duas pessoas? Mas não o mesmo tipo de tristeza, pois não vinha da mesma fonte, essa tristeza. A vida dele, a parte externa, era cheia de vitórias, quase não havia desejo que não pudesse ser realizado, e tinha o poder de deixar o mundo do jeito que ele quisesse que fosse. E no entanto — ah, no entanto — como é possível ser tão perdido? Existem muitas formas de ser perdido. Todas as formas são formas de se ser perdido. Então quanta compaixão devo lhe dedicar? Poderia ele ser culpado por acreditar que os atos vitoriosos de seus ancestrais lhe conferiam o direito de agir de um modo desconhecido, todo-poderoso e sem consequências? Ele acreditava em raça, acreditava em nação, acreditava tão completamente que conseguiu se distanciar disso; no fim da vida ele só queria morrer comigo, embora eu não fosse da raça dele, não fosse da nação dele.

Quem era eu? Minha mãe morreu no momento em que nasci. Você ainda não é nada no momento em que nasce. O fato de que minha mãe morreu no momento em que nasci se tornou um tema central na minha vida. Não me lembro de quando descobri esse fato da minha vida, não me lembro de quando não sabia desse fato da minha vida; talvez tenha sido no momento em que reconheci minha própria mão, e no entanto não me lembro de ter havido um momento em que não me conhecesse completamente. Meu corpo agora está inerte; quando se mexe, se mexe para dentro, se encolhendo, murchando como uma fruta agonizando na parreira, não apodrecendo como uma fruta que foi colhida e deixada no prato sujo, sem ser comida. Por anos a fio, meu corpo inchava um pouco todos os meses, simulando a maternidade, ávido por conceber, se lamentando pela decisão do meu coração e da minha mente de jamais gerar um filho. Eu me recusava a pertencer a uma raça, me recusava a aceitar uma nação. Só queria, e ainda quero, observar as pessoas que fazem isso. O crime dessas identidades, que agora conheço melhor do que nunca, não tenho coragem de carregar. Então não sou nada? Não acredito nisso, mas se nada é uma condenação eu adoraria ser condenada.

Escuto o som do grande vazio agora. Um movimento da minha cabeça para a direita, para a esquerda; posso ouvir o barulho suave da torrente, à espera de ganhar volume, à espera de me envolver. Ele não traz medo, apenas uma curiosidade crescente. Só desejo conhecê-lo para que eu possa um dia me contar a história da minha existência dentro dele. Não é uma diversão. Conhecer tudo é uma impossibilidade, mas só isso me daria satisfação. Reverter o passado me traria felicidade total. Um evento assim — pois é o que seria, um evento — faria meu mundo ficar de pé; é como está agora, e por muito tempo esteve de ponta-cabeça. Em um momento de extrema imprudência, disse isso ao meu marido — imprudência porque permitir que ele entrasse nos meus pensamentos mais profundos era lhe dar uma pequena dose de entendimento de mim. Eu lhe disse que tinha nascido de ponta-cabeça, que o mundo estava de cabeça para baixo no momento em que pus os olhos nele, e ele disse, rindo, que todo mundo vinha ao mundo assim. Eu não era todo mundo, e me agradou saber que ele não entendia isso. Ele riu ao me dizer isso, eu ri quando ele me disse isso. Quando ele riu, seu rosto se abriu de deleite, se alargou como se estivesse prestes a rachar; mas ele quando viu meu deleite com seu deleite, entendeu o erro que havia cometido; não podíamos ser felizes ao mesmo tempo. Vida, História, seja qual for o nome, havia tornado isso uma impossibilidade. Ele nunca foi infeliz, não teve dificuldades na vida, suas frustrações lhe eram desconhecidas. Sua vida se tornou mais sombria, a abertura estava se fechando. Ao vê-lo assim, parado à beira de um precipício voltado para o leste, a direção na qual seria enterrado, parado ali bem na beirada, perigosamente mas bem equilibrado, como um pássaro, não uma ave de rapina mas o singelo ser alado que inspira amor e fantasia nas crianças, eu quis empurrá-lo, jogá-lo no abismo, e não com uma raiva deliberada, mas com uma batidinha nas costas, como se de reconhecimento, como se de uma amiga, como se para lhe dizer, Você não foi o grande amor da minha vida e portanto o entendo completamente e esse sentimento é incomum, exclusivamente meu. Ahhh!

Este relato da minha vida foi o relato da vida da minha mãe assim como foi o relato da minha, e é também um relato da vida dos filhos que não tive, assim como é o relato deles a meu respeito. Em mim existe a voz que nunca ouvi, o rosto que nunca vi, o ser do qual eu vim. Em mim existem as vozes que deveriam ter saído de mim, os rostos que nunca deixei que se formassem, os olhos que nunca deixei que me vissem. Este relato é um relato de uma pessoa que nunca teve permissão para ser e um relato da pessoa que nunca me permiti me tornar.

    Os dias são longos, os dias são curtos. As noites são vazias; escutam alguma coisa, mas me recuso a me familiarizar com o que ouvem. Ao período de tempo chamado dia professo minha indiferença; é uma vaidade, mas conhecida apenas por mim; tudo que é impessoal eu tornei pessoal. Já que não tenho importância, não quero ter importância, mas tenho importância mesmo assim. Quero conhecer a coisa maior que eu, a coisa à qual eu possa me sujeitar. Não é um livro de história, não é a obra de alguém cujo nome possa atravessar meus lábios. A morte é a única realidade, pois é a única certeza, inevitável a todas as coisas.

1ª EDIÇÃO [2020] 1 reimpressão

ESTA OBRA FOI COMPOSTA PELA ABREU'S SYSTEM EM ADOBE GARAMOND
E IMPRESSA EM OFSETE PELA GRÁFICA PAYM SOBRE PAPEL PÓLEN BOLD DA
SUZANO S.A. PARA A EDITORA SCHWARCZ EM NOVEMBRO DE 2021

A marca FSC® é a garantia de que a madeira utilizada na fabricação do papel deste livro provém de florestas que foram gerenciadas de maneira ambientalmente correta, socialmente justa e economicamente viável, além de outras fontes de origem controlada.